此时此刻，

即是
最好的时光

郭明波 著

四川文艺出版社

图书在版编目（CIP）数据

此时此刻，即是最好的时光 / 郭明波著. —成都：
四川文艺出版社，2015.6
ISBN 978-7-5411-4103-4

Ⅰ. ①此… Ⅱ. ①郭… Ⅲ. ①随笔－作品集－中国
－当代 Ⅳ. ①I267. 1

中国版本图书馆 CIP 数据核字（2015）第 137354 号

CISHI CIKE JISHI ZUIHAO DE SHIGUANG

此时此刻，即是最好的时光

郭明波　著

责任编辑	邓永勤
责任校对	汪　平
责任印制	唐　茵
封面设计	叮　叮
版式设计	张　妮

出版发行	四川文艺出版社
社　　址	成都市槐树街 2 号
网　　址	www. scwys. com
电　　话	028-86259285（发行部）　　028-86259303（编辑部）
传　　真	028-86259306

读者服务	028-86259293
邮购地址	成都市槐树街 2 号四川文艺出版社邮购部　　610031

排　　版	四川胜翔数码印务设计有限公司
印　　刷	四川机投印务有限公司
成品尺寸	145mm×210mm　1/32
印　　张	8
字　　数	160 千
版　　次	2015 年 7 月第一版
印　　次	2015 年 7 月第一次印刷
书　　号	ISBN 978-7-5411-4103-4
定　　价	28.00 元

目录
CONTENTS

第一章

回不去的故乡

第二章

北区散记 /

第三章

无比芜杂的心情

第一章　**回不去的故乡**

小军 /

　　第一次见到小军的时候，只记得他比较害羞，话不多。他是我内弟的发小，一起从小学读到高中毕业。2000 年高考的时候没有考好，加之家里又比较拮据，于是就没有再继续学习，回家找了一些零工做。

　　岳父家住的地方叫陈庄，在北方的一个城市，差不多是城市的边缘。房子都是清一色的平房，是北方常见的独门独户的式样。大门平顶，两侧贴着大幅的春联，进门一个水泥砌成的屏风，上面彩绘一些富贵延年家业常青之类的图案。主体的楼房在屏风的左侧或者右侧，四四方方，分隔成包括客厅、卧房、厨房在内的或多或少的几间房。邻居家的房子高矮也大体相似，前后相连再盖上很少的一段围墙，就围成了一个独立的院子，院子里大多种些四季常青的花草。这些规规整整的房子往往连成一片，中间由一些东西或者南北走向的水泥路分割成自然的居住单元。小军家就跟我们在一个单元，隔壁第三家。

小军听说我内弟回来了，从外面骑了摩托车赶过来，正遇上我们在吃饭，于是就坐下来在旁边和我们有一句没一句地闲聊。我是南方人，下车到家的时候岳母已经下了一碗面来吃，到吃饭的时候就有些撑了。北方人家自家做的馒头面又实，个儿又大，我碍于面子不好推辞，只好皱着眉头就着汤往下咽。小军在旁边看见了，嘿嘿地笑，也不说话，偶尔拨弄着手机。他瘦瘦高高的个头，额头上有些抬头纹，脸色有些黑黑的，典型的北方汉子的样子。等我们吃好饭，他高兴地站起来，微哈着腰，憨憨地笑着，两手很自然地插进牛仔裤兜里。

这就是我第一次见到小军的情景，除了他憨厚的笑容，并没有给我留下特别深刻的印象。听说他后来做过保安，但觉得太枯燥，由于对做菜有些兴趣，于是就在大学城的对面租下一间店面，做一些小吃和炒菜。大学城的学生不少，学生经常成群结队地出来改善生活或者吃个消夜，小军的生意居然红火了起来。

第二次遇到小军就是在他的小店里。那次回去时间很仓促原本没有计划要过去，但是小军还是打了好几个电话过来催我们，我们想想也好，去看看他，顺便捧个场。没想到那天晚上他的小店的生意很火爆，小小的饭店挤得满满的。小军和几个来吃饭的学生商量了一下，腾出位子，把我们安顿到了靠里的一张桌子上。小军兼着炒菜还要跑堂，穿花一般照顾着四个桌子的客人，还是一脸憨憨的笑。我们的菜很快就好了，水煮花生，家常豆腐，还有几个冷盘，味道相当可口。小军在忙的间歇就跑过来和我们碰杯，擦擦汗陪我们喝一杯冰镇啤酒。

客人慢慢稀了，小军干脆打了烊陪我们喝。看得出来小军很兴奋，他很高兴我们能来。我们说客人这么多怎么照顾得过来，小军说他正想把旁边的一家五金店的店面也租了，店面扩大之后让老爸和刚过门的老婆也过来帮忙，一个负责跑堂，一个负责点菜和收银，自己则安心做菜，还可以增加几个菜式。

那天大家都很开心，饭后他们几个发小陪我熬夜打牌。小军坐在我对门，那晚他手风很顺，和了好多把。我注意到他的脸色还是黑黑的，由于兴奋，泛着微微的红色。我不太会打牌，经常点炮，那个时候小军就不好意思地冲我笑一下，还是那种憨憨的、羞涩的笑容。

后来就好几年没有再见到小军了。村里开始拆迁了，大家都人心惶惶地，岳父和内弟也没有再提过小军的近况。再后来，听说村里拆迁意见不统一，同意拆迁的一些人拿了补偿款走了，也有不愿意拿补偿款的。毕竟祖祖辈辈生活了很多年，许多人家不愿意搬走，听说因此还死了人。小军家和我岳父家是最后一批同意拆迁的，小军的爷爷也是在那个期间去世的。

2011年，决定同意拆迁后不久的那个夏天，我们回家安顿老人，住了一段时间。我们回去时，原先的庄子已经不认识了。水泥路两旁的房子有的已经搬空，有的已经拆掉，只剩下三五家还在生火做饭。以前夏天的时候，水泥路的两旁，一到傍晚太阳下去了，就坐满了乘凉的邻居，三五成群地聊着家长里短。现在水泥路两旁则堆满了拆掉的木头、砖头，有些杂物还挤到了街中间，人走过去要小心翼翼，以防被钉子扎着。

就在那条堆满杂物的水泥路上，我再次看到了小军。他推着一辆板车，上面放着生火的家什和几张桌椅，后面跟着他的爸爸和奶奶帮他拿着碗筷和饮料。我这才知道他已经快一年多一直待在家里了。大学城对面的小吃店虽然生意不错，但是第二年就被人把店面收回去了。回到家，小军一边和村里谈拆迁的事，一边做起了大排档的生意。因为村里拆迁队的工人很多，他的大排档每天晚上倒也非常红火。

小军很快就支起了他的大排档摊子，还架了音响招徕客人，水煮花生和啤酒的味道很快就传了过来。小军很大声地招呼我们过去喝酒，给我们摆了几个爱吃的冷盘，啤酒也给我们满上了。拆迁的工人和村里没有搬走的几个年轻人在几张桌子上就着花生喝着啤酒，小军穿花一样招呼着他们，给他们添些酒菜。

小军过来倒酒的时候我很突兀地问他以后怎么办，他笑了笑说，先干完这一段时间再看吧，顺手点了一支烟。路灯掩映下，小军的抬头纹好像更多了，脸色还是黑黑的。不远处，小军的老婆挺着大肚子在收拾一张桌子，不时地朝我们这边关切地瞅瞅。

那个夏天的晚上，我们没有喝多久就散了，临走的时候内弟放了两百块钱，压在啤酒瓶底下。小军看到我们起身，远远地喊，多坐会儿吧，一会儿就忙完了过来陪你们。我们头也不回，说，不了。小军喊，那你们慢走，明天过去找你们玩儿。他特地停下手中的活，看着我们走的方向，憨憨地笑。

那个晚上，巷口小军的大排档摊位上，一直到很晚还在重复地放着凤凰传奇的歌：

我在仰望，月亮之上，有多少梦想在自由地飘荡……

/ 火车的故事

　　姜育恒有很多首歌为我所喜爱。他的声音忧郁感人，别具一格。其中尤其有一首，我的喜欢则超出了对他声音和演唱的赞赏，而完全因为这首歌的歌词：

> 曾经以为我的家，
> 是一张张的票根，
> 撕开后展开旅程，
> 投入另外一个陌生。

　　以票根为家的生活我们大部分人都很难体会，但是捏着票根在站台上久久等待的经历想必每个人都有。我们一手提着重重的行李箱，身上微微出着汗，另外一只手攥着薄薄的火车票，扭头看向火车来的方向，直到看到火车在一声长鸣中缓慢停下来。心情才开始渐渐平静，仿佛有了依靠。

我第一次坐火车是1995年从武汉至北京。因为是第一次，整个行程都被人领着，时至今日，我对火车的印象是从挤得满满的车厢开始的，上车之前的等待与慌乱的记忆则荡然无存。只隐约记得匆匆忙忙地从某个摊位上买了一瓶汽水，大瓶装的那种芬达。车上坐满了人，那个时候火车票超卖的情况非常严重，以至于火车开动不久走道里也铺上报纸坐上了人。餐车进出都非常不方便，往往是一出现就引起一片骚动和抱怨，坐在走道上的人一边使劲往旁边让，一边指责服务员不该这么频繁地往来。近年网上流传一个对子说"花生瓜子八宝粥，啤酒饮料矿泉水"，大抵就是从那个时候就有了。我记得最清楚的就是当时服务员嘴里说的那个令人不满的横批："让一让！让一让！"

可是怎么让得开呢？傍晚出发的火车，到了晚上九点的时候就已经完全挤得寸步难行了。我记得当时坐的火车是那种绿皮车，座位底下早就被有经验的旅客铺上报纸，躺上一个人，呼呼大睡。有座位的旅客也不轻松，三人座早就挤上了四五个人，又或者其中一个人大腿上还坐着一位。旅客们嗑着瓜子，瓜子壳在桌子上、地上随意堆着，五湖四海的旅客陆陆续续打开随身带着的行李袋，拿出那些千奇百怪从家里带出来的食物。空气中弥漫着方便面的味道、脱了鞋脚臭的味道、浓烈刺鼻的香烟味。又忽然有了年轻夫妻的责骂声，然后是婴儿尖厉的啼哭声以及周围乘客帮忙安抚的声音。八九月份的天气，火车在开动中似乎还好，开着窗户可以吹进来风，最苦的是火车突然停车，车厢中的空气顿时变得无比燥热、混沌。憋不住的人们纷纷把脑袋使劲伸出车窗，吐着气，仿佛池塘里缺氧的鱼，张着嘴拼命地浮出水面。

然而这样的情景居然让我对这第一次的火车旅行留下了非常美好的印象。对于一个从来没有迈出过家乡的年轻人来说，没有什么东西比这情景更让人感到新奇的了。我小口啜着芬达，小心翼翼地观察周围的每一个人，每个人都那么生动。火车开出武汉不到半小时，坐在一起加上新挤进来的一共八个人很快就互相熟悉了。大部分都是湖北人，但也有几个不是。比如说话很大声的张先生是做生意的，这次来武汉是来要账的，结果空着手回北京，他操着很重的北京口音骂他的债主；他旁边一直小心地想插话的是去北京旅游的孙先生，他这次带着一家四口去北京旅游；我的旁边坐着一个怀了孕要赶回老家养胎的年轻女子，一路上不停地喝一种散发着苦味的饮料，后来我才知道那是速溶咖啡。

火车遇到中途停车的时候，向外望去往往前不着村后不着店，只有几道铁轨和几根电线杆孤零零地杵在那里。月光很亮，洒在深绿色的车皮上面。车厢里无比嘈杂和燥热，我伸出头呼吸外面的空气，看着洒满一车一地的月光，第一次离家的惆怅竟然涌上了心头。

后来的三年间我开始经常往返于新建成的京九线，上车的地点换到了县城，变得方便了很多。而绿皮车渐渐也被 K 字头的白皮火车代替，但是拥挤的情况丝毫没有改善。

不同的是，绿皮车的时代，中途车站上人的时候，因为车门的地方挤得完全动不了，很多人就在站台上借助朋友的帮忙，从车窗爬了进来。这种现象在中途站很普遍，每到一站，车窗边的乘客就要遭受一次踩踏。车外的行李先是一股脑儿地被扔进来，然后是人，先进来脚踩住桌子，然后就是脑袋。进来之后从桌子上跳下来，一边一迭声地说抱歉抱歉一边挤进已经很不宽松的人群中。

而白皮火车往往是空调车，车窗在车厢一头一尾只有四扇可以打开，因此中途站挤人进来的问题大大缓解。但是车厢里面的空间并不显得松动很多，过道里面依然坐满了人，餐车也十分讨人嫌地往来，依然是引起一片骚动和埋怨。空调车听上去很不错，但却让我那几年坐车吃尽了苦头。学生坐车历来是寒暑假比较多，比如说夏天吧，火车开的是冷气空调，白天乘客那么多开空调让车厢里非常闷，令人透不过气来。到了晚上，外面的空气逐渐凉下来，而火车空调则不停止，到了午夜的时候车厢的温度就低到令人无法忍受，往往把人冻醒过来。而到了冬天，开了暖气的闷热车厢则是相反的另一番情景。

即使是这样，也还有一些有趣的事情。因为车窗是固定的，不用担心有人翻进来，又或者是风吹进来，这时候玩扑克牌取代绿皮火车时代的闲聊成了坐火车最主要的消遣。坐火车的人依然是来自五湖四海，扑克牌的玩法自然是千奇百怪。但是不用担心，旅途中的人往往最善于妥协，很快，一种大家都可以接受的玩法就开始了。我是不擅长玩扑克牌这种东西的，就翻开随身带的书看起来，伴着耳旁响起的一片厮杀声。读书累的时候看别人玩牌也是一种乐趣，比如那时候流行打"八十分"，张王赵李四人捉对厮杀，围观的还有四五个人。这围观的四五个人往往比牌局中的几个显得还要上心，有一个急性子恨不得伸手帮姓赵的先生出牌。而善于记牌的张女士终于赢了，她用一对小牌翻了小王和小李的底牌，小王和小李则互相抱怨了起来，一生气把面前的纸牌一推不玩了。没有关系，旁边姓孙的和姓吴的两位马上补上去了。在火车上萍水相逢，又因为讲究财不外露，大家也就是打着玩玩，争个输赢的乐趣。往往有人中途要下车，把手中的一把好牌交给替补者，一边拿着行李走还一边关切地回过头来叮嘱别把我这副牌打输了。

坐京九线还有一桩不广为人知的乐事。火车经过江西上饶站，往往是晚上十一点以后乘客饥肠辘辘的时候。火车靠站刚停稳，就从车头车尾上来两个人，车头的人只管高声介绍上饶有名的五元一只的"野鸡腿"，车尾的那位则一边走一边把热气腾腾奇香四溢的鸡腿递给乘客。车厢顿时热闹起来，熟悉的乘客叫买声此起彼伏，加上香气四溢的鸡腿，引得一班从没吃过的乘客也踊跃地递出钱去。车尾的那人动作十分敏捷，飞快地接着递过来的钱，绝不错过一份生意。车头的那人则一边卖力地鼓动乘客们购买一边提醒车尾的那位注意时间。火车停站仅仅五分钟，刚刚好，车门关闭前，他们总能卖完带上来的所有鸡腿，然后满意地冲大家一鞠躬飞快地跳下车去。他们动作如此之快，如果不是一众乘客手中热气腾腾的鸡腿提醒我，我都以为他们从没出现过似的。鸡腿如此美味，在午夜的火车上成了奢侈品，买到的乘客一边擦着满嘴的油一边赞不绝口。奇怪的是，多年以后我恰好经过上饶办公差，有时间去寻找记忆中的"上饶野鸡腿"，却发现它除了比一般的鸡腿更加油腻以外并没有什么不同。当时我站在空旷的广场上，举着手中的鸡腿骨疑惑了半天，深以为憾。

参加工作之后坐火车的次数越来越多，火车也变得越来越高档，也越来越宽敞了。

2006年我有大约一年的时间每个月都要往返北京和上海。那时候已经可以坐上夕发朝至的Z字头京沪专线了，价格也变得很贵。为了省钱，我每次都选择不坐卧铺，而那时候也大概没有硬座可供选择了。坐在一人一座的软座车厢里，周围的人很淡漠，都忙于自己手头的事情。智能手机和iPad还没开始流行，我和大多数乘客一样看自己带的书，或者用彩屏手机费劲地浏览WAP网络。夜深人静的时候，看看周围陆续昏睡的人们，我开始想念千里之外的新婚的妻子，想象她现在正在干些什么。然而这种想念完全是我自己一个人的事情，似乎与周遭的人毫不相干。直到火车到站，邻座间大家相互胡乱简单地点头致意，然后各奔东西。

之后我又换了新的公司，职责所在，每周都会乘坐沪宁线出差。这种情况持续了将近四年，也让我有幸经历了动车时代和高铁时代的变革。这个时候的火车已经不能称之为火车了，其实都是电动机车，速度那真正是所谓"一日千里"：动车从上海到无锡只要一个半小时，2010年有了高铁之后只需要四十五分钟！火车上的位子越来越宽敞，走道中间除了春运的时候再也没有机会看到有人站着或者坐着。上车之后你只需要舒服地把自己埋进座位里，到了站自然有广播中优美的女声提醒到目的地了。

然而，我今天想来，四年乘坐高速列车的生涯居然没有给我留下任何印象。我所能记起的只是那一次次赶火车的焦急的心情，只是一路越来越沉重的心事，而关于火车本身，我居然像第一次坐火车不记得怎么上车的那样，都忘记得一干二净。我似乎只是坐在一群西装革履的乘客中间，努力地把自己变成更像他们的一个，空气中弥漫着香水味和优雅的气息。我也忘了问他们姓甚名谁，只是毫无目的地注视着每一个匆匆下车的人。就像偶尔有一次，我下车的时候无意地回头看看，不远处有好几双眼睛正木然地注视着我。那一刻我似乎有些恍惚，拉着重重的行李箱不知该迈向何方。

最近一次坐火车是趁着假期和家人回乡。空荡荡的高铁车厢里稀稀拉拉地坐着几位乘客。有一位女乘客似乎因为提早上了这趟车，被列车员劝离了我们这节车厢。姑娘好像无所谓的样子，竟然在两节车厢中间地带靠墙铺上报纸，坐了下来，然后笑眯眯地打开一个糖果盒吃起巧克力来。远远看去，小姑娘很朴素干净的样子，梳着简单的马尾辫，随着脑袋的摆动一甩一甩的。

我的女儿年纪尚小，噔噔噔地跑过去向这位姐姐咿咿呀呀打招呼。姑娘开心地打开糖果盒让我女儿挑，一边开心地告诉她这是她参加婚礼带回来的礼物：

"嘿，小宝，你好漂亮哦！你喜欢哪一颗呀？"

/老五

　　我有一个堂兄，只比我大了一个月，在我们这一辈堂兄弟中排行老五，有旁人在的时候我喊他五哥，如果只有我俩在一起玩，就喊他老五。

　　老五家在我家后面，我家的后墙连着他们家的院子。在我家搬来之前，他们家的院子很大，靠近房子的地方是平坦的院子，稍远一些则种了一些菜，再靠外是一个小小的鱼塘。我家后来把他们的菜地做了宅基地，鱼塘也被填平做了院子，因此老五的父母亲就有些不高兴，很不欢迎我们的到来。

　　不过，大人们的事情我们不懂也不会掺和，我和老五还是跑来跑去彼此家里玩，上学放学也一起走。早上的时候，我总是早早爬起来，洗好脸背上书包，跑到老五家院子里喊他起床。老五的父亲往往已经起床了，坐在黑黢黢的堂屋里喝茶，听见我喊，咳嗽一声算是跟我打了声招呼。我就在院子里面等，用脚尖在地上画圈，往往画到第十个圈的时候，老五就穿好衣服起来了，拿上书包，脸也不洗，和我一起飞也似的跑去上学了。

我们那时候中午放学回家吃饭，放学铃响了好久老五还不出来。他学习成绩不好，总被老师罚站，放了学老师也忘了提醒他罚站结束了。等他出来的时候，别的同学都走了好远了。我们俩远远地跟在一大队同学后面，有时候被一只绿色的草蜢吸引了，趴下一起把它逮起来，抓住草蜢长长的脚，看它徒劳地挣扎，回到家喂给鸡吃。路过池塘的时候，我们俩停下来，捡起路旁的瓦片扔向水里，让它贴着水面飞行，看谁的飞得更远。瓦片贴着水面起起伏伏，飞到十几米开外才咕咚一声沉到水里。

更多的时候，我们一起踢一块石头，老五踢一脚，我踢一脚，我们一路小跑地跟在石头后面，一直把它踢回家。老五的母亲总是忘记按时回家做午饭，我们回到家的时候他们家大多时候还锁着门。老五于是就坐在我们家门槛上等，我们家饭还没熟的话，我就拿了收藏的小人书和他一起看。我看的速度比他快，急着翻页，催他看快点，催得他急了，就憋得满脸通红。

小时候我的玩伴很多，有时候在外面玩了一整天回来跑去找老五，就看到他坐在院子里一只小板凳上，聚精会神地用小刀削一块木头或者竹子。他有的时候是在削一把木头小手枪，那种电影里常常有的盒子枪。削好后，他又用墨汁给手枪染上黑黑的颜色，晾干后亮亮的跟真枪似的。他有时候用竹子刻一支笛子，把大小合适的竹子中间掏空，裁成长短合适的竹管，镂空几个地方，就是一支真的能发出声音的小竹笛。这些工作完成之后，老五还会细心地在手枪或者竹笛上刻上他自己的名字，表示这是他的专用枪或专用笛。当然，专用只是相对的，如果我要拿走老五总是大大方方送给我的。

老五还给我看过一幅字，确切地说，那还是一幅画。在白色的作业纸上，他用了彩色的笔画了很多只小鸟和竹叶，并且用这些小鸟和竹叶组成一个个笔画，写成了自己的名字。我感到很惊奇，他自豪地告诉我说是从一本画册上学来的，还告诉我以后他准备画更多的字，用好一点大幅的白纸，说不定还可以卖钱呢。

有一年暑假的时候，我们俩真的拿着一幅老五画好的字跑到街上去，那条街很长，我们俩举着那幅画来来回回走了好几遍，都没有人愿意把它买下来。太阳很大，我们感到有些沮丧，最后决定不卖画了，一起凑了三毛钱去买了一瓶汽水喝。我们正在喝汽水的时候，被一个比我们大好几岁的小流氓看到了，他抢了我们的汽水，一边喝一边盘问我们来干吗。老五脸憋得通红，和我一样怕得腿发抖，不敢搭腔。后来小流氓注意到老五手里的画，一把抢过去，打开来看，撇撇嘴，说："哟，这画的是什么呀？还有鸟呢！啧啧！"老五冲过去想要抢回来，可是小流氓比我们高多了，把画高高地举起来老五够不着。老五突然抓住小流氓拿着汽水瓶的手，狠狠地咬了一口，痛得小流氓弯下腰来，我赶忙趁机抢下那幅画，和老五一起飞快地跑掉了。

那年夏天真的是老长老长的。有一天吃过午饭，我的父母都坐在椅子上打瞌睡，我偷偷跑出去找老五。一见到我，他就表现出很神秘的样子，把手指放在嘴上示意我不要出声，等到我们蹑手蹑脚出了院子之后，老五说要带我去一个好玩的地方。

在老五家的后面，是一座形如蛇头的小山，据大人说，他们有一次撬开石头，发现石缝里跑出一条条粉色的小蛇。这座小山包，靠着老五家的一面是一大片竹林，另外像蛇头的一面则临着一条小河。因为怕蛇，平时我们连竹林都不敢进去，尤其是风吹过的时候，竹叶发出碎碎的声音，好像蛇爬过一样。

那天下午，老五带着我穿过竹林，爬上后山包，我不敢说话，紧张得透不过气来。在临河蛇头的位置，有一棵小松树，我们平时都说那好像是这条蛇口中吐出的信。老五用手攀着那棵松树，慢慢地探身下去，踩到了一块突出的石头，哈一下腰，一下子就跳下去了！

这个蛇头的位置，就连大人都不经常来的，因此长满了灌木和杂草。我有些害怕，老五跳下去之后我看不见他，于是喊："老五！老五！"老五的声音传过来，说："跳下来吧，没事的！"我战战兢兢，跟老五一样，攀着那棵小松树，探下身去，踩在那块突出的石头上的时候，我扒开灌木和杂草，看到老五站在下面。那是一小块平坦的地，三面是陡峭的石崖，一面临河，临河的一面被几棵小树遮罩住，所以从外面什么也看不见。

我跳下去，兴奋得声音都颤抖了。说："老五，你怎么发现这个好地方的?"老五只是笑,说:"你看看我种的菜。"我才发现脚下卧着几株葱和青菜,都瘦瘦小小的,但是排列得很整齐。在这个三面环山一面临水的地方,大概只有一两个平方米,我和老五站在那里都显得有些局促,可是奇怪的是,这里阳光却很好,小小的空间一点也不觉得阴暗。

那天我们花了一个多小时像大人们一样给那些菜松了松土,还把旁边的一些杂草也拔了一遍,干完这些活,我们俩就兴奋地坐下来,高兴地你看看我我看看你。后来我们觉得还应该施施肥,临走每个人小心翼翼地对着那块地各撒了一泡尿。回到家之前,我们决定不告诉任何人这个隐秘的地方。

那个地方我再也没有去过。因为暑假结束我就离家上学去了,初中离家很远,每两个星期才能回来一次。而老五因为成绩不好,留了级,和我就分开了。也许他后来又再一个人去过,就像之前带我去一样,一个人小心翼翼地跳下去。

再后来我去了北京读高中,高中毕业又来了上海继续大学的学业。老五成绩一直就不好,他的父母又舍不得他继续花钱读书,初中毕业就让他跟着别人打工去了。我大学毕业之后就不太经常回老家,后来就一直没碰见他。但后来听说他打了两年工就不愿意继续了,自己凑够钱去学了一门手艺,学成之后跑到离家一百多公里的小城阳逻租了一个铺面,专门做玻璃刻花的活。他给自己老家的房子换上了新的窗户玻璃,玻璃上刻出来的图案很漂亮,有小鸟,还有竹叶,就和他小时候画给我看的画一样。

我偶尔回到老家的时候会去那条河边散步。我有时候走过来走过去，从河面上看过去，大概因为树木的遮挡，我从来没有看到那块老五种菜的地。有一次我爬上蛇山包，那棵小松树枝干已经很大了，我攀着松树看下去，灌木丛很深，什么也看不见。

然而我终究没有像小时候那样跳下去，我下意识喊了两声"老五"，那里也没有人回答。于是我只好悻悻然爬上来，穿过竹林回家了。竹子随着根茎蔓延成了更大的一片竹林，风吹过来，发出窸窣的声音，就像小蛇爬动一样。我没有害怕，却有些失落和怅然。

/ 我的老师刘应银

刘应银是我的初中老师，教数学，初三的时候才做了我们的班主任。他有时候很喜欢把名字中的"银"字简写成"艮"，大概以为这两个字是同一个读音，等到我写这篇文字的时候，可把我害苦了，找了半天才意识到读音不同。他们那个年代的人，不知道怎么都有这个癖好，喜欢写怪怪的乱简化而来的字，大概是某次汉字简化失败后留下的副产物。

教我们书的时候，那是二十年前吧，他看起来大概四十多岁的样子，但实际上已经有五十了。白皙的皮肤，头发一丝不苟地梳成二八开，黑黑亮亮的，标准的国字形脸，浓眉大眼，一说话就客气地带着笑。个子瘦瘦高高的，恐怕得有一米七八的样子，腰板总是挺得直直的，在当时我们看来是标准的帅哥。

当时学校有个很大的水泥地操场，每年两次开学典礼的时候作为全校的会场，其余的时间则是篮球场。学校老师也没有什么娱乐活动，偶尔打打篮球，我们下课后就捧着饭盒站在旁边看。刘老师经常上场打一会儿，他在场上不太参与抢球，老是在旁边笑吟吟地站着看。年轻的老师抢到了球，把球传给他，他就迈开大步运球上篮，个子高，动作又标准，所以总是得分。他打球的时候喜欢穿那种蓝色的运动裤，两个裤管的外侧一条白色的竖条纹。这种裤子现在基本上都是当作内裤穿了，但是当时很时髦。刘老师看到学生围起来越来越多了，就把机会让给那些跃跃欲试的年轻教师，自己拍拍手笑吟吟地穿过人群走了。

　　说实话，刘老师教课水平当时我就觉得一般。他似乎没有受过专业的师范训练，教课的经验都是后来磨炼出来的。我记得他的板书总是一丝不苟，即使写成行草，也是一笔一画力度到位。他的备课本——不知道现在的老师还有这个吗——也是一丝不苟，一板一眼地按照每次课程提前写好。每页的格式都很整齐，连个错别字都没有。有时候晚上我们上自习他就在讲台上备课，碰到写完了一大本，就换一本新的。每次他上课走上讲台的时候，一定是左手拿一本课本和一本备课本进来，右手则习惯性地捋捋头发，腰挺得直直的。

　　我那时候有一个爱好，就是累积作业本上的他的评语。他评阅作业，如果答案没错书写又干净，他就写上一个"优"字，然后依次是"甲"和"乙"。我不记得是不是还有"丙"。他的"优"字写得气势很大，字的直径大概快有三四厘米，这可是当时同学们之间相互炫耀的稀罕东西。我记得我总是和数学课代表小Z较劲，看谁得到刘老师的"优"评比较多。数学课代表的字写得漂亮，我也尽量写得不出错，保持字面干净。这个小小的评语在当时竟然像有魔力一般让我写出了一本又一本干净整洁的作业本。可惜，后来初中毕业，作业本被家人当废纸卖了，一本也没有留下来。

同年级的其他数学老师好像都比刘老师年纪轻，教学的方法往往有些创新，这件事情搞得刘老师在每次年级统考之前比我们还紧张，生怕我们考不过别的班级。现在回想起来，那时候我们班在四个班之中，有时候是第二，有时候是第三，反正不是最好和最差的。比如第二天要考试了，今天刘老师一定要给我们集体复习一下。他复习的方法很简单，就是和我们一起过一遍要考试的章节，把重点串联一下。仿佛只有做完了这些，他才安心。碰到讲不明白的地方，他就皱着眉头在那儿思考，有时候还跑出去问问其他老师，搞明白了就再回来，兴高采烈地讲给我们。

我们上初二的时候，他再婚了。这距离他前妻去世大概已经有十几年了。这个消息让我们这些学生比他还兴奋。我的父亲那时候偶尔来学校看我，送些米菜，总是顺便到他那里坐一会儿。所以我从父亲嘴里听说了很多关于他的事情。他有三个孩子，一个儿子两个女儿。小女儿出生不久前妻就去世了，他一个人抚养三个孩子。他做过他们村的大队书记，因为书生气太重被拱下来，去了村小学教书，后来好不容易才调到中学来。我在读初中的时候，他的小女儿考上了中专，他终于松了一口气，这才考虑续弦的问题。

现在想想，当时的刘老师长相也好，在中学教书，在当地也算是有一份体面的工作，再找个女的结婚也不是很难的事情。可能是因为要抚养三个孩子，没有时间和精力顾得上再婚的事情。当时他的负担应该是很重的，估计每次在操场上见缝插针打一会儿篮球，还要赶快回去做家务呢。

初三之后刘老师做了我们的班主任。我是尖子生，是学校考上"黄高"（黄冈中学）的重点苗子。临近中考，刘老师很紧张，我深深地感到他对我的期望很大。我们这个班一直在年级中是中游的水平，刘老师很期待我能够考出年级第一，这样的话班级也有光彩。那时候学校条件很差，学生喝水都是直接接自来水的生水。刘老师让我每天饭后去他房间倒开水喝。我一边倒水，他一边在旁边旁敲侧击，不停地鼓励我。有一次，他甚至花了十几分钟帮我分析年级里那几个和我成绩接近的同学的状况，结论是我必胜，以此来增强我的信心。今天想来，他何尝不是在给自己壮胆。

中考前几天的一个晚上，我们在学校操场开"誓师大会"，我站了十几分钟之后突然晕倒了。校长和刘老师手忙脚乱地把我扶到他的房间，两人十分认真地商量了一番，最终决定最后的这几天让我睡到刘老师的房间。从几十个人的大通铺换到刘老师干净整洁的床上，我睡得十分舒坦。第二天早上起来才发现刘老师不在床上，他大概怕吵着我，自己在外屋打了个地铺睡觉。

　　我至今还对刘老师的教学水平存在疑问，那时候他只是竭尽全力想方设法地教会我们知识。但是他对于我个人的照顾，从他当班主任的第一天开始，真是无微不至。那年中考突然增加"体育"这一项，让刘老师和我都大吃了一惊。体育考试那天，我不出所料考了低分，心情十分不好就早早回宿舍睡觉了。中间我听到刘老师走了进来，在我旁边静静地站了一会儿，因为沮丧，我连眼睛都不愿意睁开，直到他帮我盖上被子走开。刘老师对这件事情很内疚，觉得没有照顾好我。后来又怕我想不开，一直安慰我说，因为是试点，体育成绩可能不计入总分。

　　刘老师是没有办法可以改变游戏规则的，他一直自责，当时考体育的时候应该陪在我附近，这样可以像其他有势力的学生家长一样，跟监考老师打个招呼。但是我想，他即使这么做了也没什么用，他没什么权力，仅仅是个教学水平刚刚及格的老师而已。

　　所以最后几天，他全程照顾我的起居。其他学校的学生都陆陆续续地拥入我们这所重点中学，一起参加中考，这让刘老师有些担心，怕影响到我，所以大部分时间就让我待在他的房间里复习，直到考试结束。那一年健力宝的罐装饮料被宣传成神水，他让我每门考试之前喝一罐，我也每次都掐好时间，考前五分钟开始喝，搞得像仪式一般。

　　中考结束，我的数学和化学几乎考了满分，总成绩领先第二名十分，是我初中期间考得最好的一次。后来阴差阳错，又被选送去了北京读书。家里请客庆祝，我专程去了刘老师在城里的新家请他来参加。我坚持安排他坐了主席位，比同座的校长他们都显得更加重要。对于我而言，他给了我从未有过的依靠；而我之于他，则是他那些平凡生活中唯一的骄傲。

读高中期间，我从北京回来，在一个暑假去看望他。他那个时候又被排挤出了重点中学，去了一个普通中学教书。见到我，他很高兴，跑到外面去买了肉和芹菜回来，亲手给我炒了两个菜，我们师生难得在一起喝了很长时间的酒。他告诉我他在研究周易，信命。还给我讲了很多周易的事，可惜我忘了当时有没有请他帮我算一卦。

后来读大学几乎就没有联系他，直到工作后，我的父亲有一次回乡偶遇他，才有了他的联系电话。每年春节的时候，我都会给他去个电话拜年，三言两语聊几句。他后来回到城里小学教了一段时间的书，很快就退休了，终于结束了水平刚刚及格的教书生涯。

我们年轻人在努力向前的时候，有时候会忘记了衰老这件事情。2012年11月的一天，我从外地出差回来，我的母亲告诉我接到了刘老师突然打过来的一个电话。老师被诊出癌症晚期了，在弥留之际，很想见到他一生最得意的学生。第二天我赶回湖北老家，他后妻的儿子来接我，一路叮嘱我不要让老人太激动。二十年过去，刘老师像突然萎缩了一样，不再那样高大了，腰板也不再挺直。他国字形的脸已经消瘦许多，抄着手窝在沙发上，面前放着一个电热器取暖。他看着我笑了，说，你长胖啦，当时班上你最矮小，没想到能长这么高这么壮呢。又说，胖点好，有福气。中午和他一家吃饭，他的前妻的儿子也在，大家在饭桌上尽量显得很平静，好像这是顿平常的家宴一样。

那天深夜，我赶最晚一班动车回到上海，在虹桥火车站的车库里，我拿出车钥匙，颤抖的手却怎么也打不着火，泪水不期而至。那天的微博我写道：

> 在您面前，我侃侃而谈每一次小成就，大声地接每个电话，手忙脚乱地开电话会议。老师，我不是想告诉您我有多忙碌多重要，我只是假装今天和往日没有什么不同。临别我随口许诺新年再来看你，只是希望多给您一个月的希冀，也是告诉我自己这次真的不是最后的告别，而我也真的想再看见您。

2013年元旦，我返乡处理家里的事情，又去看了老师一次。这次他已经不能起床了，脸瘦到只剩皮包骨。然而他的思路还很清晰，还用微弱的声音夸和我同行的父亲也胖了，有福气。他这个时候体力已经非常有限了，我们见了几分钟，他儿子示意我们不能再让他讲话了。临走下楼，我突然意识到，这可能是最后一次见到我的老师刘应银了。

1月7日，清早开车上班路上接到短信，他的小儿子告诉我：爸爸走了。我一如既往平静地在办公楼下停好车，开了一天会。那天晚上，家人熟睡以后，我捂在被子里，突然悲从中来，泪如雨下。我告诉自己，刘老师他走了，再也不能看到他笑吟吟的模样了。他终于给他不停挣扎的小人物的一生画上了句号，不用再为明天的考试战战兢兢了。

　　老师走好。

/ 那年夏天

我其实是一个很内向的人，喜欢独处，一个人看书。说实话，独处的时候我并不是一个人在那儿思考什么。如果有可能的话，我一般都会翻翻书，看看手机新闻，实在不行盲目地看看电视节目也好。时间需要被充实，就算是浪费，也要用主动的方式把它消磨掉。

大概二十年前，我十几岁的时候，那时候我有大把的时间用来消磨。尤其是暑假，满满两个月的时间。每天中午，村庄里的人都昏昏欲睡，就算是村口拴在泡桐树下的老牛，也眯着眼睛沉沉地昏睡，被路过的人惊醒的时候，才会忽然睁开眼睛，然后有一搭没一搭地反刍。

我不习惯午睡。常常一个人沿着村外的河堤走。赤着脚，脚底下的沙石滚烫滚烫的。河堤上沿河一排柳树，树枝长得很粗大了，不知道多少只知了停在上面，令人厌烦地发出刺耳的鸣叫。我有时候跳进一尺多深的河水里，水流过去，感到一丝丝凉意。河里靠岸较深的地方，水底稀稀拉拉长了一株株水草，有一些小鱼围着水草游来游去。那些鱼大多只有一两寸长，从水面看去，只见到嫩灰色的脊背，偶尔相互追逐起来，被阳光照射到，才能看到或红或绿的鳍。

我大多时候就在河边岸上漫无目的地坐着，有时候还爬到树上去，仿佛只是为了消磨夏天午后燥热的时间。大多时候根本没有风，柳条都静止在那里，仿佛时间也停滞了。在知了刺耳的鸣叫声中，我仿佛听到家人远远地在喊我，这喊声也不能惊扰到我，我简直也有些昏昏欲睡了。

少年的心事是寂寞的。暑假里最愉快的事情莫过于上山放牛。到了下午两点左右，太阳依然很毒辣，我慢慢从河边踱回来，牵着牛到山上去。我家的牛换了很多茬，因为每头牛总有这样那样的缺点，我的爷爷又是一个路子很广的人，于是就和别人家交换。我放过温驯的牛，也放过脾气似乎很暴躁的牛；放过的牛大多数威武雄壮，当然也牵过和我一般高矮的小牛犊子上山。

上了山，用长长的牛鞭赶着牛去到野草比较丰茂的地方，大多是一些山谷。山谷拦腰被行人走出一条羊肠小道来，我就坐在小路上比较高的山石上，看着牛在山谷灌木和草丛中吃食。灌木丛很高，牛儿几个转身就被遮住不见了，我站起来四下张望，灌木丛一片寂静，可是过了一会儿，牛儿忽然从远处一片绿色中钻了出来，似乎也远远地朝我这边张望了一下。

放牛娃大多数时间是很清闲的。一座座山谷被山脊隔离开来，绵延好几里地，牛在其中啃食，就如鱼儿进了大海，自由畅快，根本不需要你做什么事情。闲着的时候我就会拿出随身带的书来看。那个时候，我可以读到的书非常有限。十几岁的年龄，连环画是不会再有兴趣了，看的大多数是小说。不管是什么样的小说都拿来读。内容适合不适合也不管，只要是带字的纸片就行，新的书基本看不到，大多数都是旧的，有一些甚至还有一些部分撕掉了，缺了开头和结尾。至今我记忆犹新的是，那时候借阅的《中篇小说选刊》，很多期都是缺了的，因此大部分的小说连载我只能看到其中的一部分，有时看着看着看到页末的"下期继续"，可是"下期"却是怎么也找不到了，心里怅然若失，久久地留下了遗憾。

有的时候读书入了神，一下子一两个小时就过去了，突然想起不知道牛到哪里去了，于是慌忙站起来朝灌木丛矮树丛中张望。大多数的时候牛并没有跑远，于是放下心来继续看书。可是有的时候，牛看到我在那里全神贯注地看书，仿佛也有了想法，不停蹄地跑出很远去。我就要沿着小路一路找过去，找到了就朝它扔过去小石子以示惩戒。很少碰到找了半天也找不到牛的情况，那时候心里就很着急，直到看到牛从绿色灌木丛中抬起头才放下心来。

有一个下午，我又是一个人独自赶着牛上山去。可是天空一会儿就乌云密布，下起雷阵雨来。那是我见过的最大的一次阵雨，天空像是泼了墨一样，骤然黑了下来，雨点伴着闪电和雷声飘洒下来。我家的牛在这阵雨中被闪电和炸雷吓得夺路而去，那时我个子很小，在和我一般高的矮树丛中想用牛鞭让它停下来。因为我害怕它在这大雨中跑远了，也许就丢了。可是雨实在太大了，我完全睁不开眼睛，只觉得矮树都在乱撞，我绝望地放弃了找牛，害怕得几乎趴到了地上。雷仿佛就在耳边炸响，闪电仿佛要把我身边的山石劈开，飘洒的大雨中我根本无法睁开眼睛，只能趴在那里瑟瑟发抖。

那是我经历过最黑暗的半小时。雨稍稍停下来的时候，我的父亲在一棵矮树后找到了惊魂未定的我。他问了声牛在哪里，我大概指了一下，他就沿着山路一路寻了过去。我从惊恐中站起身来，却听见了牛低低的叫声，原来它一直没离开，就站在离我不远的树丛中。我走过去，它用惊恐的眼神看着我，我突然一下子变得一点儿也不害怕了。

大多数放牛的时间是很无聊的。带的书读完了，我仰卧在草地上无聊地看着蓝天。我现在完全不记得我当时想了些什么，谁还记得那个十三四岁少年心里的梦想呢。也许什么都没想，就在微微的山风中睡着了，直到被一只黑色的蚂蚁咬醒。只记得那时候的树很密，灌木丛郁郁葱葱，蚂蚁在浅褐色的沙地上爬来爬去。夕阳下山的时候，我吆喝着把牛赶到山路上来，解下套在它尖角上的缰绳，牵着它慢慢地走下山去。

2014 年清明，我回到老家去。现在村里已经没有人用牛耕田了，到了农忙的时节就有机器开进田地里去。那些我曾经放过牛的山谷也忽然变得光秃秃的，看不到那些矮树和灌木丛了，只剩下一些浅草。只有那些我在上面或卧或躺的山石还在，只是上面已经布满了青苔，怕是许久都没有人迹经过了。

　　于是我十分怀念那样的一个个夏天。我抬头向山谷里张望，可是那里再也没有一头可以牵回家的牛，只有一些浅草，在那里随风起伏。

又是一年秋菊香 /

　　我的故乡在大别山南麓，距离刘邓大军转战的核心地区几十里之遥，红军的几个主要起源地之一，所以现在被称为"革命老区"。当年轰轰烈烈的"黄麻起义"就是发生在这里，当然，邻县黄安改名红安，那则是革命胜利之后的事情了。

　　我们所居的小镇名为福田河镇，大概在十五六年前我读过邓楠所写的回忆录《我的父亲邓小平》，书中曾在一个章节提到过这个小镇的名字。这里和河南、安徽接壤，生活习惯比较杂，口音也偏软，没有省会武汉的口音那么"蛮"，所以很少有人能够一见面就猜出我的家乡来。

　　虽说是"靠山吃山，靠水吃水"，然而因为这里的山无古木水无蛟龙，只能沦落为山清水秀的穷乡僻壤。大别山延绵几百里，即使是主峰海拔也不甚高，附近有些名气的举水河，也是浅水，不足以养成一个鱼米之乡。虽说是 20 世纪中后期做了很多移河改道、劈山开地的运动，这里也没有大片沃土良田。每户人家只有一亩多薄田，和山地上开出的几块旱地，盼着风调雨顺，一年的收成也只够养家糊口。20 世纪 90 年代之前，家里如果有读书娃，开学之前家长一般只能做两件事情来筹集学费：一是卖柴，二是卖余粮。卖柴这件事情受制于需求饱和，而卖粮受制于供应，即使要供应学生读书，家里总要有个基本温饱吧。

穷则思变，也不知道是谁的主意，90 年代初，突然有一天，这里漫山遍野的田突然种上了菊花。

我们都读过陶渊明的诗句，那句"采菊东篱下，悠然见南山"的雅致之情跃出纸面。陶令最有名的作品是《桃花源记》，另一个有名的当仁不让就是这句咏菊的诗了。

福田河镇的菊花从品种上来讲，自然不是什么观赏性很强的东西，而是最纯粹最简洁的白菊。几年之前，这个小镇为本镇出产的这种白菊申请了专有的名称：福白菊。福白菊的唯一使命，就是被当作一种经济作物种植下去，深秋之后农人采摘并且做成菊花饼，出售给从浙江等外地过来的商人。这样的菊花以及被对待的方式，如果陶渊明泉下有知，说不定会慨叹一声："东篱之下可采菊？"

福白菊的种植十分简单，每年春天农人们都会栽埋好去年菊花的根茎，几场雨之后，这些根茎就会冒出新的枝叶来，夏末初秋，这些枝叶长得十分蓬勃，农人们几经修剪，这些枝叶不再一味地长高，而是生出更多的枝杈来，每株菊花变成了球状，每一个枝杈的末梢都会长出一个菊花的花苞。深秋来临，秋风阵阵，花苞次第开放，这时候每株菊花就变成了一个白花布满的花球，漫山遍野看去，犹如遍野下了一场大雪，只剩下一些绿色的枝叶从白雪中探出头来。秋风袭来，一阵阵扑鼻的菊花香气于是就飘荡在田野之间，飘到很远的地方。

唐寅在他的《桃花庵歌》里面说，"桃花仙人种桃树，又摘桃花换酒钱"。用革命浪漫主义精神来说，我们家乡的农人们种了这菊花，虽然不能像陶渊明一样借菊花言志，却是和唐伯虎一样，摘了菊花换酒钱的。菊花花苞花期不同，成熟的时间不一样，每株菊花都要采摘几次才能采完，每次之间间隔几天。采摘下来的菊花被要求蒸制、晒干成菊花饼，这样易于储存和运输。菊花的蒸制和晒干是非常辛苦的工作。当天采摘当晚蒸制，不然菊花的成色就会变差；而晒干时，农人们则要祈求天气晴好，太阳公公给力，晒制出来的菊花饼才会色泽金黄，品质上乘。

在我的少年时期，采摘菊花是几桩不多的乐事之一。深秋的午后，坐拥菊花丛中，不用俯身下去，菊花浓烈的香味都会扑鼻而来。人说"送人玫瑰，手留余香"，采摘半天的菊花，那真是"手有余香"，满手浓烈的菊花特有的香气。那时候，戴着草帽的少年，伫立在菊花丛中，随手摘起一朵最大的菊花来，对着耀眼的阳光细细端详，菊花的花瓣在太阳的照射之下变成了透明，金黄的花蕊的花粉落在手上，清香满怀。父母也隐身在菊花之中，头也不抬地加速采摘，一定要赶在日落之前把成熟的花朵采摘完。他们看到我们边摘边玩，也不会责怪。你想，满眼的白色菊花，那就是一年辛苦的收成，父母们挥汗如雨之余，自然也是满怀的花香和喜悦啊。

曾经有几个夜晚，由于当天的菊花没有摘完，我们就在田间搭起了床铺，一来是为了照看菊花不被偷摘，二来父母趁着月明要把剩下的菊花摘完。那时候我大约十一二岁吧，坐在临时搭起来的床铺上看书。在寂静的夜里，成千上万只鸣虫在旁边不远处的草丛里大声歌唱，我无法知道它们具体在什么地方，它们每一只的叫声虽然微弱，但是合唱起来却在这寂静的黑夜冲击着我的耳膜。床铺另外一面十米处就是山了，在静静的夜里，黑黢黢地立在那里，沉默而威严。微风吹过来，煤油灯扑闪扑闪地，将我的身影投向田地里面，淡淡的一团黑影。几步远外就是我的父母，他们默默地采摘着菊花，只有移动的时候才发出一点点声音。风大的时候，煤油灯也被吹灭了，我只好合上书本抬起头来，在皎洁的月光下静静地看着不远处我的父母弯腰采摘的背影。菊花的香气一阵阵随风而来，我躺下来，抬头看见满天星斗。渐渐地睡意袭来，我终于在漫天的星斗和月亮的注视下沉沉睡去。

菊花被蒸制、晒干做成菊花饼之后，被运往城市，制作成各种样式的产品，有的入药，有的被做成菊花饮品。如今在超市里都可以买到的菊花茶，还依稀保持着菊花晒干后金黄的模样；几瓣菊花用开水冲泡，香气四溢，喝来顿时耳目一片清明。我在饭店用餐的时候，往往不会去点那些昂贵的各色茶水，而是要上一壶简简单单的菊花茶，就着菊花的香气，仿佛回到了家乡。

2013年这次回乡，因为刚刚秋分，田野里的菊花还没开放，只有嫩绿的花苞。我漫步在田埂之上，目光所及，似乎已经能够看到遍野白色的菊花之雪；我闭上眼睛，仿佛躺在菊花海中，头顶照耀着漫天的星斗和月亮，扑鼻的菊花香气阵阵袭来。

/ 老宅的故事

　　1996 年，《中学生》杂志举行"照片中的故事"征文的活动。那时候是我刚到北京读高中的第二年，热衷于发表一些豆腐块文章，投了一篇稿件，很快就刊登了出来。负责这次活动的编辑刘谦老师后来还联络到我，请我给这份杂志写了好几篇文章。那次征文，我用的照片是父母在湖北老家门口照的，那是 1995 年我刚到北京不久想家，让他们照了寄到北京的。照片上，四十二岁的母亲和四十岁的父亲都显得很年轻，穿着朴素干净的衣服，看起来踌躇满志。父母照相的背景，就是我们家的老宅。

　　那个时候我机缘巧合，刚刚从大别山区来到首都北京，一切看起来都那么美好，对于未来充满着信心。记得我在那篇文章的结尾写道：孩儿立志出桑梓，学不成名誓不还。编辑刘谦当初看到这句话就决定要采用了，他很佩服一个农村少年所拥有的志气。

然而今天，当我徘徊在老宅长满杂草的庭院里的时候，儿时栽下的一棵梨树和一棵柿子树都已经枝繁叶茂，秋天的柿子树长满了一半青色一半淡黄的柿子，沉沉的，把枝丫压得低低的。我的内心一点成名的志气都没有了，只剩下淡淡的忧伤。仿佛一位老朋友，我在过去的这么多年里从来没有和他通过音信，突然有一天他疲惫不堪地出现在我的面前。

可是我觉得我也是那么疲惫不堪，故乡的老宅已经无人居住，遍布风雨留下的痕迹，我觉得我也是一样。由于是秋天，庭院里果树下的野草已经枯黄，东倒西歪，连大门台阶前面也长的是。这处宅子建于 1986 年，那年我七岁，现在一晃二十七年过去了，父母被我接到上海居住之后，这里已经空了六年了。

至今仍然记得二十七年前的那个凌晨，我们一家人——我，姐姐，父母，还有帮忙的爷爷——兴高采烈地赶在天亮之前完成了简短的搬家仪式。我七岁，最小，承担的任务是扛着一把竹子做的大笤帚，走在最前面；我身后的姐姐拿了簸箕之类的工具；父母则挑着米和咸菜缸；爷爷在最后，挑了一担柴火。这个仪式几分钟就结束了，我们一家人很兴奋地在新房子里坐下来等待天亮。新房子是用土砖砌成的，还没有粉刷，有些土砖之间还有洞洞，可是我们一家人无比兴奋，尤其是我的父母，他们终于有了自己独立的房子了。这间老宅来之不易，寄托了那时候年轻的父母全部的骄傲。他们在之前的几年里，靠着我的父亲翻山越岭四处做些小生意，攒下了建这栋房子的钱。因为那个时候个体户做生意还没有被普遍承认，所以做这样的事情也几乎是偷偷摸摸的，每天父亲天还没有亮就挑着货担出去，深夜才回来。虽然房子建在比较荒凉的村头，但是从我的父母看来，的确是"寒窑虽破，能遮风雨"啊。

　　我的父亲是个勤于动手的泥瓦匠，母亲则长于持家。他们先是肩挑手提填平了宅子前面的小池塘，这样我们就有了一个小院子。然后每年做一点点，里外粉刷一番，让这座宅子变成了白墙黑瓦的模样。在之后的二十几年里，虽然经常翻修，但最初的样貌还是一直保留了下来。在我们离开这座宅子之前，我们的小院子一直没有砌墙，院子外面是一条人行小道，再外面是一个小水塘和大片的菜地。对于小孩子来说，这里简直是天堂。水塘里有小鱼，游来游去，还有蝌蚪，我们看着它们的小尾巴一天天不见了，最后长成一群群青蛙，跳到菜地里面去。晚上的时候，躺在床上，青蛙的叫声充满了耳膜，在寂静的夜里如同交响乐，此起彼伏。夏天的时候，雷阵雨之后，院里的泥土还带着潮气和腥味，大群大群的蜻蜓就在院子里飞来飞去。到了晚上，我们睡在院子的竹席上乘凉，萤火虫一只一只地从菜地里飞了过来，飞过了池塘，飞到院子里，从我们的头顶上飞过去，我们把它们抓进玻璃瓶子里，这样我就有了一盏忽闪忽闪的灯了。

　　秋天的时候，房子里马上变得满满的，收割下来的麦子和稻谷被父母亲堆到了房子里面，我们就在挤挤的堂屋里安下一张饭桌，每天吃饭的时候，看着这堆谷子和麦子，觉得特别充实。天气好了，就约了邻居一起打稻子。我们把一捆捆的稻子一圈一圈地摆到打谷场上去，摆成同心圆的模样，然后让四伯驾驶拖拉机一圈一圈地碾，大人们就在旁边不停地翻动着稻子，尽量让所有的谷子能够被碾下来。开拖拉机的四伯在这个时候就成了小孩子们最受欢迎的人，在碾谷子的间隙，他的拖拉机停在打谷场上，我们就爬了上去，好奇地摆弄着这个大家伙。谷子打好了之后，大人们把谷穗和谷子分开，把谷子一箩筐一箩筐地装好，挑回谷仓去。我领到的任务就是在门背后用粉笔写"正"字，统计今年打了多少筐谷子，虽然有些叔叔会过来捣蛋，给我胡乱添上几画，可是我总是有办法改到正确的数字，那些"正"字代表着一家人一年的收成和希望。收谷子之后马上就是采摘花生的季节，我们的房子刚被腾空，马上就被一捆捆的花生填满了，花生干枯的禾苗尾部就结着一大把花生，根据这一把的丰实程度和花生的大小，人们就知道今年花生的收成如何了。到了晚上，一家人就着煤油灯，围坐在一捆花生旁边摘花生，看着一个一个麻袋渐渐地鼓了起来，花生苗则重新捆起来，等过段时间送去加工成可以喂猪的糠粉。

进入20世纪90年代以后，稻谷和花生渐渐减少了，取而代之的是养蚕和种菊花这些经济作物。我的父母在旱地里种植了大片的桑树，在水田里种上了菊花。夏秋的时候，养蚕就成了最紧要的事情，我父母的卧室也被辟作了养蚕室，打扫干净，还用石灰消毒，确保脆弱的蚕宝宝健康成长。我们一般会被支使去地里采摘桑叶，然后把一捆一捆的桑叶背回来，撒到蚕床上去，蚕宝宝非常灵敏，迅速爬到新鲜桑叶上面，快速地啃食起来，很快就吃了个精光，我们于是再撒上一层。蚕床很多，用架子搭起来，一层一层的，我很喜欢做喂食桑叶的工作，一层新鲜桑叶撒下去，房间里顿时充满了蚕们啃食的声音，就像是在下着小雨，沙沙作响，让人心里充满了满足和幸福。蚕们到了成熟的季节，也不再啃食桑叶了，我们就把它们抓起来，放到事先准备好的松树枝丫上去，它们就各自找到一处安身之所开始吐丝织茧，直到把自己包在里面成了蛹。到那个时候你再进到养蚕室里面去，只看到松树枝变成了白花花的，到处都是硕大的蚕茧，变得沉甸甸的。

冬天来临，天气一天比一天冷了，房子里生起了火塘，我的父母也不再那么忙碌，而是整天围坐在火塘周围，好整以暇地等待另一个春天。父亲泡上茶，有一口没一口地喝着，母亲则在一旁纳布鞋或者缝补衣服。我们坐在旁边的桌子边做作业，听着父母有一句没一句地聊天，吊放在火塘上方的罐子里面的粥噗噗作响，冒着香气，火塘里面还可以煨上几个红薯，过一个把小时就可以夹出来，拍掉表面的灰，揭开来就是黄黄的香甜的红薯肉了。那是我吃过的最好吃的烤红薯，即使以后我在大城市的街头吃过许多次的烤红薯，也没有比得上记忆中的味道，记忆中红薯带着火塘灰的那种香气是无与伦比的。冬天的火塘边总是其乐融融，有的时候我的爷爷奶奶也一起来坐，爷爷把我抱在膝盖上，把我烤得热乎乎地直喊烫。有时候夜已经很深了，大家静静地坐在那里，母亲和奶奶都开始打瞌睡了，我也坐在爷爷的怀里迷迷瞪瞪地睡着了，又会在父亲添加柴火的时候被烟熏醒，那是一年中最快乐的日子。我所知道的神话故事也大多是在火塘边听来的，那似乎是我最早的文学启蒙，听来的第二天我跑到外面去，晒着太阳讲给其他小伙伴们听。

我记得我曾经在某年春天的时候在院子里窗户下面种下了一棵杨柳树，后来这棵柳树蹿到老高，遮住了窗户的阳光，被父亲砍掉了，我伤心了好一阵子，我记得那棵树下我还种了很多鸡冠花，开出了紫红色的花。院子里的柿子树和梨树则是父亲种的，种的时候我已经不经常住在家里了。尽管我在那棵柳树之后一直想在院子里再种下一些别的什么树，都没有成功，很是让我有些沮丧，也让我对春天的记忆有些淡漠，仿佛每年冬天经过春节过年直接跳到了夏天似的。

我们家的这座老宅对于我们这座村庄而言，还有一个特殊意义：从这里，走出了我们村子两名大学生，而且很长时间里都是仅有的两名。所以很多人来来往往从我们家门口经过时都会好奇地张望一番，指指点点。但是这是以后的事情，在我的童年记忆里，只有我们在煤油灯下做作业的情景，那时候我们可没有想到会考上大学。那样一个个夜晚，我们做着作业，父母就着煤油灯（后来才是电灯）做些手工活。有时候我们也一起听广播，听全国"新闻联播"。全国"新闻联播"刚开始就是一阵激越音乐，有一种牵动岁月变化的感觉，然后就是播音员播报当天日期，我每次听到都默默想，能不能我的人生也随着一阵音乐，日期就突然变到十八岁的某一天，那时候我会在做些什么呢？我至今都不明白当时怎么会有这样奇怪的念头，那么急于知道长大以后的世界，在今天我反而幻想着回到过去呢。总之那时候我们姐弟学习成绩很好，我的父母也期待着我们成为和他们不一样的人，不再面朝黄土背朝天，这个观念在那个时候是比较超前的，曾经引来无数人的不解和嘲笑。

我家这座老宅子前后办过三次喜宴，两次是因为我和姐姐考上大学，最后一次是在我结婚的时候。如果说人有飞黄腾达的时候，这三次喜宴就是这座房子最辉煌的时刻。我结婚的时候，父母把房子重新粉刷了一下，他们把自己住着的东首的房间让出来，布置一番做了我的新房。这次婚礼对于这座房子而言只是一次形式，因为我结婚之后并没有住在这里。来的亲戚很多，一大早我就西装革履地等在屋子里，看着邻居们忙前忙后，我的新娘则被请到同村别人家里梳妆打扮。那时候已经开始有不少人盖楼房了，新娘在三嫂家的楼房沿着池塘走过来大概需要五分钟，我在鞭炮齐鸣中把她从老宅旁的打谷场抱回了家。四伯主持了婚礼，他已经老了，不再开拖拉机了，他用最古老的仪式为我们这对知识分子新郎新娘主持了婚礼。出于对两位知识分子的尊重，乡亲们没按当地的风俗闹洞房，他们都只是到新房里来坐一坐，我们给他们敬了烟喝过糖水算是尽到了礼数。后来回想起当晚的情形，我们还特别记得老鼠在房梁上跑来跑去的声音。

我的婚礼成为这座宅子最后的一次荣光。婚礼之后两年这座宅子就空了下来，再也没能够重现人声鼎沸鞭炮齐鸣的情景。我的父母在离开这里去上海之前砌了围墙把院子围了起来，长期没有人行走，院子里渐渐荒芜了起来，长满了野草随着季节的变换荣枯。

每次回乡来，我都要回老宅看一眼。我踩过庭院里的野草，打开被风雨侵蚀的大门，静静伫立在房子里面。灰尘和蛛网不可遏制地占领了大部分地方，我拂去它们，仿佛揭开一段段尘封的记忆，二十年前的某一天某一刻突然呈现在我的面前，似乎还能看到童年的自己从一个房间跑到另外一个房间。我看到墙上刻下的我们当时用于记录身高的刻痕，最后的刻痕停在我如今肩膀的高度，我还记得刻下这条线的那一天，我高兴极了，在厨房里面跳起来去够房梁的情景，那时候我的父母在一旁开心地看着我。我在房间里面找到了一个半透明的罐子，那个罐子是当年我母亲用来腌咸鸡蛋的容器，记得那时候我总是还没等腌好就迫不及待地伸手进去拿鸡蛋出来吃。然而今天，当我伸手进去的时候，那里面什么都没有，空空如也，只剩满满的回忆在那里飘荡。

当年的老宅处在村子的最边缘，然而这几年几乎所有的人家都搬到更远的地方盖上了楼房，2013年我回到老家的时候，旧的村庄里已经没有几户人家了。我锁上老宅的大门准备转身离去的时候看到了四伯，他看到我很惊讶，半天才认出我来。我陪他聊了一会儿，他问我，你打算还要保住这座老房子吗？我说是的。这座宅子不仅仅是一座土砖砌成的住所，尽管它已经荒芜，长满野草，布满蛛网，可是也许有一天我从外乡回来的时候，孤独的内心还想要翻开这尘封的记忆呢。这些记忆，一定会是我一生最宝贵的财富。

伤逝 /

题记：我的缪斯女神如果沉默了，她是情有可原的。森林已被砍伐，怎能希望鸟儿歌唱？

诗人艾青说，为什么我的眼里常含泪水？因为我对这土地爱得深沉。是的，对于故乡，古往今来，每一个离家的游子都充满着深深地依恋。贺知章的惆怅我也是有的，"少小离家老大回，乡音无改鬓毛衰。儿童相见不相识，笑问客从何处来"。我每次返家，都有相同的感受，有时候发现一座老房子倒掉了，有时候发现一座池塘长满了荒草，有时候被告诉大伯们已经逝去了，有时候遇见一群不认识的儿童在我面前往来嬉戏。我的故乡对于我来说几乎面目全非。

我不能停止对于从前那些贫穷的日子的怀念。那个时候，我们这座村庄也是和现在一样，只有二十几户人家，是一座很小的村庄。从我记事起的 20 世纪 80 年代中期到之后的十年间，这也是我在故乡待得比较完整的十年，村子里面的人似乎没有太大的变化，某一年某位老人没有扛住冬天的寒冷故去了，然而另外一家人家新娶了媳妇儿，新添了娃儿，所以人口总能保持一百二十人左右。人们都很拮据，能够吃肉的日子不多，这要等到客人来的时候。每顿饭的主菜是在去年冬天就着雪水腌制的咸鸡蛋或者腌萝卜、咸豇豆。吃饭的时候几乎所有人都会捧着碗跑到门外来坐在门口的大石头上，邻里之间边吃边聊，聊到不开心的地方也许还会放下饭碗破口大骂。可是这也不会影响我们小孩们捧着饭碗在池塘边做游戏，游戏很简单但是其乐无穷，我们把自家饭碗里的咸豇豆扔进池塘里，豇豆周围马上泛起一圈油花，我们比赛看谁家的油花大。这是一个几乎无聊透顶的游戏，但是我们一直会玩到被大人骂回家去，或者看到池塘清水里面的鱼儿浮上水面，摇动着尾巴去追逐油花里的豇豆。

那个时候，几乎所有人都穿东冲村过来的吴裁缝缝制的衣服。吴裁缝的真名叫作吴彩凤，是个风韵犹存的中年妇人，腊月间快要过年的时候，她到村子里来，受到每一个人的欢迎，尤其是小孩子们，知道很快就要穿新衣服了。吴裁缝不仅仅会缝制一些简单的样式，她还会给孩子们的衣服上缝上肩章，让每一个穿土布衣服的孩子都觉得自己是威武的解放军战士。大人们的衣服式样则差不太多，男人们的衣服都是中山装的样子，相互之间的区别只是布料的不同。我记得那时候非常流行一种叫"的确良"的布料，穿上去也很舒服，和现在我们追求的纯棉的衣服带来的感觉差不多。

村庄里面的房子都是白墙灰瓦的样式，区别只在朝向或者新旧的不同。盖房子的时候，人们将黄泥——我们这里尤其多的是一种红黄色的泥土——和好，然后用模子压实晒干成大小合适的砖块。地基则是从附近山上采来的碎石，匠人们按照预先的设计，把石头垒成齐人高的高度，并用水泥勾缝让它变得非常牢固。然后就在这齐人高的"窗下石"上砌墙，山墙则是中间高两边低的样式，山墙之间用山上砍来的一根根的大树按照一定的间距铺好，最后在这些大树上整齐地钉上木板条，把灰色的土瓦一列一列地整齐地铺上去。土瓦是附近村里的瓦匠烧制的，用的是普通的泥土，在河边挖成的土窑里烧，烧的时候狼烟四起，烧出来的新瓦整整齐齐，堆放在路边等着盖房子的人来选。用这种瓦盖上的房顶，很坚固，即使在安静的夜里有夜猫在上面跑来跑去哗哗作响也不会把它弄碎。下雨的时候，雨水顺着瓦槽流下来，然后沿着屋檐掉下来跌落在房前的地上，日积月累形成一排整齐的雨槽，也就是一排小坑。时间长了，人们就会自己搭上梯子爬上房去，把被夜猫扒歪了的几片瓦重新摆好，或者在几处地方再添上几片新瓦，让它变得更加厚实。

人们相互之间爱串门，也没有什么事情，邻居吃过饭，嘴上的油渍和饭粒还没有抹掉就过来了。这时候我们家可能还没有吃完饭，我们这些小孩子就会被支使着去洗壶泡茶。茶叶是每家自己炮制的，从田间地头中的几株低矮的茶树上采来，手工炒制，晒干装袋，每家每年都要做十几斤茶叶，手工技术和采摘时间的不同决定每家的茶叶味道和颜色有些许的差异。泡茶是招待邻里或者客人的必要的步骤，如果哪一天你到别人家里去而人家没有为你泡上一壶茶，那你就要想想是不是最近有什么事情做得让人家不开心。村子里面人们的喜怒都放在脸上，你不能昨天偷捡了人家猪牛的遗矢还指望今天人家对你笑脸相待。当然，亲戚之间相互串门就会隆重得多。遇到一些主要节气——我们这里主要是六月初六和春节，后来又发展出来五一和国庆节——亲戚之间就会互相邀请对方过来串门，请主要亲戚来家里吃顿饭。这就是我们小孩子最高兴的时候了，因为表哥表姐表弟表妹们就能凑到一起来玩了，而且吃饭的时候还有大鱼大肉可以吃。小孩子在院子里往来嬉戏，大人们则围坐在一起喝茶，谈一些不咸不淡的事情，当时那些话题对我们来说有些神秘，后来长大了知道其实只是一些家长里短而已，如果遇上谁家刚刚出过远门，话题才会比较新鲜。

噢，我这里想特别谈谈过年。在山区的农村，过年绝对是一年中最重要的事情。所有的人，包括大人和小孩子，很早就开始喜气洋洋地准备起来了。这个准备工作是很复杂的。我记得小时候，刚刚进入寒冬腊月，地里的活就要停下来了，大雪覆盖了山川河流，当然也包括广袤的田地。我的父母就会请村里的豆腐师傅做一"桌"豆腐，然后把它切成三厘米见方的小方块，就着冬日的暖阳晒干，直到晒成可以随意翻动还不会碎的程度，就可以加上盐和辣椒粉进行腌制了。这是来年开春之后的主要菜肴之一，一小块豆腐就可以吃下一大碗饭去，后来到了北京、上海在超市里看见过类似的叫"豆腐乳"的东西，可是味道差得实在太远了。做完豆腐就要考虑开始做面条。我们这里是中部的山区，主食都是米饭，把麦子磨成面粉做成面食，通常都是打牙祭的东西。做面条也很复杂，因为都是要自己手工做，往往两三天才能做上几十斤面条。面粉和得劲劲的，在案板上反复使劲儿揉，揉进去一身的力气，这样"扯"出来的面才会劲道十足。说是"扯"，是恰如其分的，我们这里的面成为"挂面"，这个名字来源于这里的面真的都是挂在高高的架子上，用竹子做的短棒，一排一排地"扯"下来的，从架子上垂下来的，仿佛是一扇扇一尺宽的面条做的门帘似的。这样的面条，挂在阳光下，扯到一定的长度，就任由它在温暖的阳光中自然晒干，傍晚的时候取下来，铺到长长的案板上，切成需要的长度，一扎扎用小红绳捆好，仿佛还可以闻到阳光下麦子的味道。过年前的准备还远远不止这些，到了腊月快尽头的时候，村里面有些猪恰好养到了二百多斤，在某个阳光灿烂的日子，就请杀猪的屠夫来村里杀猪过年了。一锅热水烧开了，把杀好放过血的猪放进去浸泡片刻，就可以顺利地褪下猪毛，然后按照村民们指定的部位和斤两切成合适的小块拿回家里去。我们小孩子往往在猪一开始嚎叫的时候就躲得远远的，直到分猪肉的时候才敢走近来，在寒风中，还可以闻到热水锅里透出的一阵阵腥味。虽然杀猪本身让我们小孩子觉得有些残忍，可是吃到香香的猪肉汤就会全忘了。杀过猪，再买来一些鱼，父母就会在家里待一整天，专门制作过年吃的肉糕、蛋糕和红薯丸子。肉糕是我们这个地区的特产，就是鱼肉泥和猪肉泥剁得细细的，和着面粉，在蒸笼里蒸制成的肉糕。出锅的时候，一阵香气扑鼻而来，令人手指大动，非得大快朵颐不可。这肉糕是过年时每家每户绝对必不可少的一样食物，大家甚至根据你们家今年做出来的肉糕的味道和色泽来估计你们家今年的收成，因此每家每户都会铆足劲做好这一道菜，人人都是高手。蛋糕和红薯丸子虽然属于锦上添花的东西，但是却是必不可少的。蛋糕不是现在过生日吃到的那种牛奶味的面点，而是用鸡蛋的蛋黄摊出来的蛋皮裹上肉糕的原料，一层一层卷起来蒸制出来的东西，切成一小截一小截，仿佛是缩小版的"虎皮蛋糕"，每层都有肉糕馅儿，下到面条里作为浇头实在是让人垂涎三尺。红薯丸子是最后一道菜，就着油锅，把新鲜红薯蒸出来的红薯泥搓成小球，炸成金黄香脆的样子，吃来甜丝丝的，仿佛一年的辛苦全都不见了。做完这一道菜，年货才算是备齐了，大家都背着手在村子里相互串门看看别人家准备得怎么样，相互问候一声，准备过年了。

前几年在城市里，经常有人说年味不足。什么是年味儿？不仅仅是过年吃个团圆饭相互拜个年然后放几挂鞭炮才是年味，那在冰雪之天，在一年收成之后，窝在家里或者走街串巷准备年货，才能让人体会到浓浓的年味，才能体会到一年四季结束之后，农人们对自己的犒赏和无尽的满足幸福感。

在我还小的时候，每年的冬天都要下好几场雪的。下雪的时候，山上、田野里、房顶上、院子里，全都是白茫茫的一片。池塘早就结上了厚厚的冰，我们甚至在冰上跑来跑去追逐嬉戏，而那冰不到春暖花开是绝对不会裂开哪怕是一丝缝的。我们还会拉着自制的雪橇在雪地里奔跑，或者从高高的坡上滑下来。那时候，无论是一起打四角，斗鸡，打梭，弹玻璃球，小孩子都能玩出一身汗来。有些游戏春夏秋冬都可以玩，甚至不管是白天还是夜晚，比如斗鸡，小孩子们通过"点兵点将"分成两个接近的阵营，一只脚单立着，另外一只脚提到腰间，相互冲击，直到把对方所有的人撞倒才能得胜回营。我至今还记得那些年那些夜晚的皎洁的月光，我们有时候一起在月光下斗鸡，或者躲猫猫，在村子这头冲到那头，把银铃般的笑声洒满寂静的村庄。记得有一次我躲到了山边的一座草垛后面，找我的小伙伴们耍赖，偷偷回家去了，我一个人躲在那里，后面就是黑黢黢的山，我丝毫没有觉得害怕，反而因为兴奋刺激而憋出一泡热尿来，直到夜深了被父亲找到领回家去。春天来的时候，女孩子在地上画线，一起跳房子，或者玩过家家。男孩子们不屑玩这种幼稚的游戏，就砍了大树的枝丫，削成一尺来长一头圆圆的一头尖尖的梭子，一起玩打梭的游戏。画好一条线，把梭子放在地上线上，用一根粗粗的棍子猛地打向梭头，趁梭子跳将起来的时候，使出吃奶的劲儿用棒子把梭子打到要多远有多远，打得最远的那一个就是赢下这个游戏的人。

我在城市里有时候午夜梦回，还能记起儿时的这些事情，仿佛故乡的炊烟像阳光一样晒进了我的肌肤里。我也喜欢在说起那些有趣的事情的时候变得滔滔不绝喋喋不休，仿佛是在说一件昨天刚刚发生的事情。然而当我偶尔回到故乡，一栋栋新的楼房已经遮住了我凝视旧村庄的目光，新的水泥路面填埋了我曾经摸爬滚打的泥土地面，连当初绊我跌了无数次跤的石头块们也都消失不见了。老村子里面的小桥边，老宅子的院子里，通向后村田地里的小路上，都已经长满了齐腰的杂草。年轻人们都离开家南下北上打工挣钱去了，田地大多数已经荒芜长满了野草，只剩下一些老年人和妇女还在几块田里劳作。我又看到了几个儿童，他们的父母都在外面的城市里打工，爷爷奶奶在家里带着他们成长。他们不再跑到一起去大声喧哗，而是拿着橡胶塑料玩具，孤独地在自家院子里玩沙子。看到我这个陌生的面孔走进来，抬眼看一下又低下头继续玩他的玩具。

这个村子的村支书是一个中年人，他像其他农民一样戴了个草帽，开着一辆农用三轮车来看我。我给他倒上茶，点好香烟，他略有些激动地欢迎我回到家里来。他说现在村里面常住人口不足以前的一半，稍微年轻一点的都跑到城市里务工去了，如果平时走在村子里，安安静静的，好像没有人生活的样子。现在务农的只是一些老人，因为农业税减免了，甚至还有一些粮油补助，务农的压力一下子就没有了。年轻人一年能从城市里挣回来好几万块钱，比在家里种地的收入高了太多，好多家庭甚至自己不种粮食，回到家里过年的时候就去镇子上买米买油吃。送支书出去的时候，他指着不远处一块块荒地说，你看，好端端的田地都荒了，这还是以前老一辈移河改道开垦出来的呢。

　　我走在老村里面，徘徊在长满荒草的池塘边，儿时嬉戏的声音仿佛就在耳边。我就像一个陌生人，看着一座座老屋子坍塌在那里，残垣断壁的模样，感觉有些疲惫。岁月不仅仅将皱纹刻在了我的脸上，她也把一道道失落深深地刻在了我的心里。往日的时光，就像村边曾经缓缓流动的小溪一样清澈，而今她已经干枯了，小桥下面布满了蜘蛛网，尘封了我儿时的故事。

　　田园将芜，胡不归耶？

/ 回不去的故乡

　　我是十分幸运的，除了现在工作和生活的上海，在八百公里之外，还有一个藏在大别山深处的老家。从上海出发，沿着 G42 国道一直开下去，大约八九个小时，就能到达。坐火车则更快，早上出发，中午还能回老家赶上吃午饭。

　　如今离家已经十八年了，身居都市，每天穿梭在水泥丛林之中，不得不说些言不由衷的话做些身不由己的事情。然而午夜梦回的时候，大多数的场景竟然还是在故乡。有时候是夕阳西下，田地里的稻穗随风而动，仿佛起伏的波浪。有时候是我满山寻找走失的牛，它吃着吃着草儿就跑掉了，我几乎能听得见它响亮的打喷嚏的声音，视线却被满山的草和树挡住了。大多数时候，我好像是去赶一场露天电影，骑在父亲的肩头，搂着他的脑袋，和其他人一起走向人声鼎沸的地方。

这些印象是如此之深，仿佛就是昨天刚刚发生的事情。最初它们在我的梦境中出现，甚至让我有些诧异。那是 1995 年到北京读高中之后第一个月，虽然这里有我梦寐以求的生活，学业也很沉重，可是每到夜深的时候我躺进被窝，都会禁不住开始想念我的故乡。有时候我在晚自习之后就绕着操场跑上几圈，围墙旁边黑黢黢地站立着一排白杨树，这些树笔直笔直的，又会让我不由自主地想起故乡那些杨树的种种不同，眼泪便唰唰地掉下来。于是在到北京之后的第一个周末我就和同学去了邮局，希望能听到父母熟悉的声音。那时候老家基本没有什么固定电话，所以我先拨到镇上的医院，请在医院工作的亲戚去接了我的父母，等到预定的时间一到，我再打过去。其实现在回想起来，我在北京过得很好，那是我吃穿最好的一段时期，可是即使这样，我的心却仍然还在贫瘠的故乡。

　　我大概再也没有那样在邮局狭窄的格子间里流着眼泪给老家打过电话了。渐渐地我适应了异乡的生活，打电话对我来说也是一项经济负担，因此我用写信来替代了它，乡愁就像余光中说的那样，变成了一张张邮票。有一段时间，我甚至开始在设想如何做一个更好的异乡人，并且希望通过更勤奋的学习来实现。我在给父亲的信上说，孩儿立志出桑梓，学不成名誓不还。

　　1995 年春节我们是在北京过的春节，直到第二年暑假来临才回家。我先坐火车到武汉，然后换乘长途汽车到县城，最后坐面包车回到老家。那是我第一次出远门之后回到故乡，坐在长途汽车上，我预设了到达老家的种种令人兴奋的情景。下了面包车，已经是傍晚，我提着行李满腹狐疑地站到了街道旁边。脑海中原本宽敞的街道显得拥挤不堪，街旁供销社原本高大的外墙变得破破旧旧十分矮小，带给我很多乐趣的那座电影院的入口被挤得简直看不见了，街旁几个不认识的人也用同样狐疑的眼神打量着我。我第一次意识到故乡原来是如此的渺小，不值得一提。

儿时的玩伴都背上行囊去深圳或者广州打工去了，他们有的做了保安，更多的人去建筑工地做了"农民工"。年底的时候，他们就会提着大包小包挤二十个小时的火车回到家里过春节。他们中有几个人听说我回来了就跑过来看我。他们大都染了黄色的头发，穿一件衬衣，外面套上花花绿绿的夹克，这与儿时我们一起玩耍时穿得鼓鼓囊囊的样子形成了鲜明的对比。我们在一起已经没有什么话题好说了，送他们走的时候，我感到十分伤心。其中一个，在小学时和我形影不离，现在他南下做了理发师，他曾经送给我一盘 Beyond 的卡带，至今我每次听到有人放 Beyond 的《大地》或者《光辉岁月》的时候都会想起他。可是，自从我读了大学之后再也没有见过他。

故乡的土路如今都铺上了水泥，轰隆隆的卡车一波又一波地开进来，一栋栋楼房竖了起来。我偶尔会爬到小时候无数次疯过野过的山上去，可是那里已经没有遮天蔽日高大的树木了，为了防止这些山变得光秃秃的，飞机每年都会过来盘旋撒下速生树木的种子，所以随处可见稀稀拉拉齐腰高的矮树，从山下远远看去，就像是大山顶着布满伤痕的脑门。

　　贺知章说，儿童相见不相识，笑问客从何处来。每当我回乡，即使我花费特别的注意，也无法避免成为一个异乡人。村里几乎没有什么年轻人，多的是老眼昏花的老人和连名字也叫不出的小孩子。他们认出我来，就会客客气气地和我聊上两句，笑容里面的恭谨让我立刻意识到我在这里不过是个过客。老人们的儿子或者女儿都很孝顺，送给他们各式各样的手机以便让他们方便的时候可以随时打电话，老人们也设置了《最炫民族风》的铃声，一旦手机响起来，他们就会激动不已，大声向儿女们汇报小孩子的学习或者生活情况。

　　故乡之于我已经变得面目全非，我无法跟上它的步伐，只觉得渐行渐远。家家户户装上了有线电视，使得我希望走一次夜路赶一场露天电影的愿望也落了空，我想，那些可怜的小孩子们未来的梦中，大概再也不会有骑在父亲肩上的记忆了。而故乡对我来说，也会像那时我骑在父亲的肩上一抬头看见的满天星辰，一眨一眨地，仿佛近在眼前，可是怎么也触摸不到了。

/ 祖母的银圆

　　我的祖父在年轻的时候是个好赌的人，他赶在土改之前把曾祖父攒下的几十亩土地输了个精光。没想到赌博输钱也有路线正确的时候，后来划分家庭成分，我们家只是被定了一个"中农"，忝列"贫下中农"之中，属于被团结的对象。我祖父的这件事情当年很多人都知道，但这并不是这篇文章的应有之义，我只是想说，我的祖母嫁给祖父，大概跟这件事情多少有些关系而已。

　　我的祖母名讳是文美，她的父亲成老先生是邻乡大姓望族，属于"大地主"的行列。因为是地主，而且是大地主，所以子女的下场必须要很凄惨才行，所以我的祖母就必须要嫁给"贫下中农"，据说这样才能进一步改造已经落魄的成老地主。我想祖母婚前应该是没有见过我那游手好闲的祖父的，洞房之夜——如果那个时候还允许有的话——她赫然发现挑起自己红盖头的居然也是个破落地主的儿子，心里的忐忑之情怕是不言自明了。

虽然如此，在"贫下中农"家庭进行改造的裹着小脚的祖母还是保持了一个大家闺秀应有的风范。她首先包容了游手好闲的祖父，甚至在发现祖父偷偷把她亲手织的布输掉了以后也并没有破口大骂，只是独自掉了几回眼泪。她一生在贫困之中生养了四个儿女，而且对于自己的弟弟妹妹以及他们的家庭也是竭尽所能进行帮助。当年粮食金贵，她的那些侄子侄女在家里揭不开锅的时候总是来我们家，我的祖母就会偷偷拿些米面放在篮子里让他们拎回去，好几次在被祖父撞见之后和他发生激烈的争吵。可惜我的这些远房表亲在后来家庭条件改善之后并没有特别孝敬我的祖父祖母，不能不说是一桩令人遗憾的事情。

这些事情都是从我的父母亲口中听来的，祖母本人从来没有对我亲口讲过。我开始记事的时候祖母已经老了，祖父那个时候也收敛了性情，常年在外面奔走补贴家用。祖母偶尔也会织布，也会叫我在旁边搭个手，其实就是帮她把梭子从一边扔到另外一边去，"来回穿梭"大概就是这个意思。我很享受这个过程，总会陪在祖母旁边，看着一根根的线慢慢被织成白布。老式的织布机在祖母的踩动之下总是吱吱呀呀的，仿佛一用力就会塌掉，然而它竟然终于没有塌掉，还织出了粗粗厚厚的白布，令我觉得十分神奇。

今天想起来，我和祖母这样的交集真的不多，因为我父亲不见容于伯父，我们很快就搬了出去，家也分了，祖父跟我们，祖母跟伯父。在他们身体还康健的那几年——也就是 1986 年后的五六年时间——祖父并没有住到我们家里来，还是坚持和祖母住在他们自己的两间小屋里面。我有时候在外面玩耍回到家里，一看母亲还没有做饭，就会跑到祖父祖母那里去吃。祖父总是笑称我是"刘备"，意思是他们一开饭我刚好就到了，到今天我都不清楚他这个典故是从哪里来的，大概是他搞错了，应该是"曹操"，说曹操曹操到嘛。祖母做的饭我已经忘了什么味道，但是无法忘记的是她熬的粥，用瓦罐放在灶膛里面，取出来的时候清香满屋，糯得不得了。

然而祖父去世之后，祖母在我的记忆中就只剩下了一个佝偻着坐着晒太阳的身影。脾气暴躁的伯父对自己的母亲并不好，甚至有些刻薄。祖母这时候也干不了农活了，常常坐在我母亲放工回来看得见的地方，如果我母亲那天恰好看见了，就会叫她到我家里来，和我们一起吃顿饭。大多数的时候，我偶尔还会像以前一样跑到祖母家里去，推开院门，就会看见祖母一个人坐在墙角的阳光里面，一动不动地，有的时候是在打瞌睡，大多数时候是目光呆滞地盯着某个地方。今天想起来，祖母在祖父去世之后的这三年时光是多么的孤独啊。而我因为觉得和她待在一起无趣，往往坐一会儿就走了，她的目光会一直追随着我小小的身影直到我关上身后的院门。

令祖母高兴的事情也会有，比如我们学校要我们"勤工俭学"了，其实就是让我们到山上田间去采摘一些野菊花什么的，这时候祖母就会帮得上我的忙了。祖孙俩的分工是，我负责用镰刀到山上把野菊花的枝条砍了捆回来，然后祖母负责把花骨朵摘下来。我们往往会为此忙上一个星期，祖孙俩忙得不亦乐乎，我也有时候会和祖母一起摘，她眼神已经不好了，但是摘的菊花却是干干净净，一片叶子也没有混进去，因此我交给学校的野菊花不仅是最多的，也是最干净的，金黄金黄的满满两大筐。

我和祖母这样充满开心的日子并没有持续多久，因为很快她就去世了。我从学校赶回家的时候，祖母已经躺在棺材里面，连最后一面也没有见上。当时家里很乱，黑黢黢的棺材前面点着一盏长明灯，伯父和父亲他们披麻戴孝，每有客人进来奔丧他们就手忙脚乱地陪着跪下去痛哭失声。没有任何人注意到我这么一个悲伤的小孩子，隔着厚厚的棺材板凝视着祖母，可是长长的钉子已经重重地钉严了棺材盖，就像当年关掉的院子门隔断了祖母的视线一样，棺材盖也重重地隔断了我看向祖母的目光。在祖母病重之后，我的母亲不计前嫌前去送完她最后一程。她最后说她有些后悔伤害了我的母亲，据我所知，祖母一直对我的母亲有些苛刻，直到晚年。可是这一切已经不重要了，她终于闭上了眼睛，被抬进棺材，身上穿着寿衣，也就是她早年自己织下的白布。

我对于晚年的祖母而言是唯一的骄傲。据说当年我出生的那一天，祖母正在做午饭，当接生婆告诉她生了一个孙子的时候，激动得手足无措的祖母一把按住了锅盖，原本锅里的水沸腾了应该掀开锅盖才是，可见祖母对我来到这个世界还是十分欢迎并且欢欣鼓舞的。祖母其实是一个很有个性的女人，逝世之前她提出来不想和祖父葬在一起，直到六年前给他们俩翻修墓地的时候我才认真思考这个问题，原来她把对祖父一辈子的怨恨留到了身后，祖父在世时，即使多么游手好闲，她都为他维护了在家中足够的地位和身份。

一个秋日的午后，我翻箱倒柜收拾东西，一块银圆"叮"地掉了下来。这块银圆是祖母留给我的。祖母出嫁的时候，她的地主父亲还是悄悄给了她比较丰厚的嫁妆，据说其中就有一百来枚银圆和很多首饰。首饰我恍惚记得小的时候见过，祖母穿的衣服上就有些银的链子，其中一条上面还有一个银的弥勒佛。我觉得好玩，想要把它摘下来，一向对我慷慨溺爱的祖母拦住我笑着说，等奶奶死了这些都是你的。我当时不懂这是什么意思，也没觉得多么失望，可是祖母去世之后这些东西却再也没有了去向，她只留给了我父亲两块银圆，后来其中一块被我的姐姐带去了美国。

我在阳光下凝视着这枚银圆，袁世凯光光的脑袋在上面闪闪发光。在这个世界上，祖母留给我的只有一个名字，还有这一枚小小的银圆，如今这成了她和我之间唯一的联系。我早已经忘了她长的什么模样，这个小脚老太太连张相片都没留下来。我握着这枚银圆，恍惚中推开了故乡院子的门，在阳光的屋檐下，有我的老祖母和她浑浊的目光。她注视着我，仿佛时光一刻也不曾流逝。

喝酒这点事儿 /

　　第一次喝酒的经历我至今记忆犹新。1986 年，我们家新房子落成，最后一天照例是要宴请宾客和工人们的。人多嘴杂之余，谁也没有注意到我也上了酒桌，并且自斟自饮喝了人生的第一杯酒。喝了一杯我就醉了，当然即使是醉了，我的酒品仍然不错，竟然一个人爬到床上酣睡起来。等到父母迎来送往结束的时候才一个激灵，想起小孩子的事情来，慌慌忙忙四下里寻找，最后才发现我就睡在家里的床上。

　　这自然是一次意外，在接下去多年的时光里我是被要求和酒绝缘的。只有在逢年过节的时候，我们小孩子才被允许喝一点"红酒"。说是红酒，名副其实，酒的颜色真的很红，今天想起来，不过是糖水加点色素加一点点酒精，看起来更像一种饮料。可是这在当时已经足够令我们兴奋不已，一来是因为它的确似乎是一种"酒"，二来也意味着在被允许喝酒的那一刻，父母接受了我长大的这一现实。喝完酒出了门是一定要向小伙伴们吹嘘的，有人说自己喝了一杯，马上另外一个人就加码说自己喝了两杯，最后被一个据说喝了一瓶的小朋友秒杀。仿佛是谁喝得多，谁就更像一个男子汉似的。

如果我当时知道后来我会喝下如此之多的酒，我一定不会那么着急找酒喝。现如今，喝酒多了很多花样，"深水炸弹"，"三中全会"，一个地方有一个地方的玩法，乐在其中也甘苦自知，因此发生了很多有趣的事情。

我读大学的时候，校园还是禁酒的，偶尔的小酌往往发生在足球之夜。那还是甲A的时代，值得我们关注的比赛特别多，平时一般都可以在宿舍的小电视上解决。碰上重要的比赛，比如国家队的，我们就约在一起去校外的小饭馆看彩色的大电视。学生穷却有骨气，不好意思干坐干看耽误人家老板的生意，于是就会点上一盘最便宜的土豆丝，每人一瓶啤酒，边喝边看。球赛精彩的时候，酒往往忘了喝，酒瓶子代替巴掌，拍在桌子上震天响。我还记得校门外的那些小饭馆，后来毕业吃散伙饭的时候也是在那里。因为马上就要离别，不管男的女的都要了啤酒。还记得一位男同学很快就醉了，一直抱着酒瓶喝个不停，手快的同学给他装一瓶白水，他一边喝一边告诉我们他没醉。事到今天，我不知道这位同学还记不记得这桩往事，有没有知道他当时喝的其实不是酒，我很想告诉他，可是因为时间太长的原因，已经不知道他如今身在何方。

第一次酩酊大醉是在 2007 年年底。当时我刚换到新的公司，领命去负责一个大客户。吃饭的地方是在一家韩国料理店，对方来了十四位，我本着初次见面请多多关照的精神，和每个人干了一杯"口子窖"，所以开胃的泡菜还没吃完我就倒了。当时和我喝酒的十四个人，其中的大部分后来都成了我的好朋友，他们即使离开了原先的公司，都会从五湖四海打电话来喊我去喝酒，由于他们大多数担当技术要职，因此我的工作显得非常轻松，见面通常是事情已经办好了，只剩下喝酒的事，不醉不休。尤其是其中一位后来在江西发展的兄弟，在很长一段时间内，我无法摆脱竖着去横着回来的命运，每次他都很深情地开场白，保证绝不让我喝醉，但是这个誓言在五两白酒之后就烟消云散了。当地的菜口味重辣，就着重辣的菜，一杯杯白酒下肚，很快世界就迷离了，直到我们俩各自被送上出租车。现在想起来，我真的很眷恋和感谢这段时光，这些朋友和他们帮我斟满的一杯杯酒，让我总能信心满满地奔波于天南海北。现如今这些朋友因为各方面的原因很多已经不常见面了，偶尔见面也不再大碗喝酒了，总会找一个安静的地方坐下来聊聊，感叹一下世事变迁。

人生总是向前迈进，后来我又结识了一些朋友，其中一些人眼神一对觉得有缘分，也会在一起喝酒。这时候喝酒是靠着段子做下酒菜的，一场酒下来，神情恍惚，刚刚讲过的即使是最有趣的段子也都忘了，第二次碰上，于是又讲上了新的段子，反正这是信息时代，微博微信支撑了我们的生活，哪儿都是段子。酒桌上经常会遇到同乡或者同学，即使再陌生的人，多绕几圈也都认识同一个熟人，这大概是中国人酒桌上最奇妙的事情。2012年的时候，我出差到山东，居然在酒桌上遇上一位和我同年同月同日生的朋友，这大概是一件概率极小的事情。我和他很对脾气，一来二往就成了朋友，每次见面喝酒都会觉得这件事情不可思议。

我从来都不是一个酒量很好的人，但是也从来不遮遮掩掩，而是说喝就喝。我也喝过很多种酒，无论什么颜色，无论贵的贱的；也经历过很多种不同的喝法，比如出了名的"深水炸弹"和"三中全会"。即便如此我也没能最终成为一个嗜酒的人。我享受微醺之后的那种舒服自然的状态，纵然做不到"李白斗酒诗百篇"的豪迈，也能在迷离的世界里浅吟低唱几回。偶尔酒后失德，打翻了盘盏，说了大话，第二天早上醒来自然是什么都不记得，也不用认什么账了。酒中乾坤大，这句话越到年纪变大越能体会。然而我却宁愿抱着一颗赤子之心来喝酒，就像是当初第一次醉酒那样，爽快地喝爽快地醉，情之所至，酒瓶为开，至于那些人生道理醒世箴言，全都可以抛诸脑后了。

北京文人大仙说过，跃出本质谓之骇，我喝酒的这种状态，大概可以称得上"酒骇"了。

没有不亮的灯 /

科恩兄弟的电影《老无所依》给了很多喜欢想当然的人当头一记闷棍，其中包括我自己。英明神武的男主角在辗转追查之后，几乎就要接近事实的真相了，就在影片结束之前，却忽然被街头小混混枪杀，而且没有一个说得过去的原因。你看电影可以不喜欢科恩兄弟的这种黑色幽默，但是生活却往往如此。

大多数的人可能不会这么想，往往以为人生就像小时候学习数阿拉伯数字一样，1之后是2，99之后一定是100。这正如我们上完初中就会上高中，高中之后上大学一样自然。当然，今天我也认为，这件事对大多数人来说，是再自然不过了。

二十年前读初中的我肯定不会这么想。我小学毕业的时候，大概只有一半的学生会继续读初中，至于读镇重点中学，那么只有寥寥几个人。我当初从来没有想过，和我一起上学放学的同学会突然不知去了哪里。这是一个极其残酷的问题，等到初三的时候，我意识到，这个残酷的问题马上就要重新上演一回，而我无法确定自己是不是幸存者。这道概率题实在是非常简单：被淘汰是一件大概率事件。多年以后我再和当年的同学碰面的时候，他们已经成为熟练的建筑工人、理发师，或者农民。"他们"是如此之多，使得我不得不想起来，能够读完大学的小学同学如今只剩下了我一个。甚至，我无法兑现十岁时候的那个豪言壮语了：有一天，我们大声说，我们将来要当科学家。

初三的某一天，我在一个浑浑噩噩的下午突然被这道概率题惊醒，我开始意识到我正在面临一个多么血淋淋的现实。我从来都不认为我需要背负任何人的理想上路，而且别人的期许对于一个血淋淋的现实来说实在是太微不足道了。这件事情对于一个十五岁的少年来说的确很残酷，而我唯一能做的事情就是跑到学校的小卖部去，买上一大捆蜡烛。

那个晚上，我坚持做完练习册上最后一道数学题的时候，大约已经凌晨一点多了。黑黢黢的教室里，我的蜡烛的小火苗只能照亮不大的一块地方，我抬起头来，发现一个人也没有了。我感觉不到一丝困倦，但是理智告诉我必须去睡觉，否则会耽误第二天的课程，于是我合上书本，随手拿着剩下的只有短短一截的蜡烛，带上教室门朝宿舍走去。

走出教学楼的时候，我抬眼看向天空，也是黑黑的没有一颗星星，身后的教学楼矗立在那里，没有一丝亮光。照亮我通向三百米外宿舍的，只有我手中短短的一截蜡烛。我突然感到十分害怕，路旁边有齐腰深的整齐的矮树丛，一声不吭地立在那里，风吹过的时候发出轻微的呜呜声。没有路灯，我走在石子路上，小心翼翼地护着手里的小蜡烛，也不敢回头看。蜡烛似乎随时都会熄灭，我一双手快要合上才能制止它在风中跳跃。它就像我唯一的人生希望，那么脆弱，一不小心就会被风吹灭。

那大概是我走过的最长的一段路，我忘记了时间，身体因为恐惧而微微颤抖，脑中一片空白但是信念却无比清晰，那就是绝对不能让这截蜡烛熄灭。我希望风能够停下来，我又试着大声咳嗽，希望不远处老师宿舍的灯会亮起一盏两盏。然而什么都没有，只有我自己和被摇曳的烛光投射到背后的巨大阴影。我于是知道，我唯有走得更快些，更加小心地保护好这微弱的火苗，才能使得我的恐惧更快地离去。那截蜡烛刚刚好支撑到我回到宿舍，我走进宿舍大门它就熄灭了。我在黑暗中摸索着跌坐到自己的床铺上，周围的同学都睡着了，不时发出轻轻的梦呓声，这声音让我感到无比亲切，也让我激烈的心跳渐渐平息下来。

直到今天，我还能记起来那天夜里捧着蜡烛小心前行的情景，甚至能够感到双手滴满蜡烛的灼热感。今天，每当我遇到挫折的时候，我都会想起那晚的情景，于是我就像当初捧着蜡烛一样，紧紧地用双手护住自己的希望之灯，一边祈祷风儿小一些，一边大踏步地向前方走去。

/ 清明

那天早上，我还没起床，就听到楼下院子里传来二伯父的声音。二伯父今年七十多岁，前年中过一次风，行动有些不便。去年他和二伯母被儿子也就是我的堂兄接到武汉去住，这次回来过清明节，听说我们也正好回来了，于是一大早过来我家坐坐。

他和我的父亲大约有一两年没见了，彼此的情况都是通过别人的嘴听说的。他们堂兄弟年轻的时候一向不和，以前是前后院住着有事没事吵一场，临到老了，居然开始有不少贴己话说说。

我连忙起来下楼去和他打声招呼。父亲已经洗好茶壶泡茶了。这是我们这里的风俗，家里来了客人，马上换杯子泡壶新茶算是隆重的接待。原本堂兄弟之间用不着这么客气，可是他们平时很少能见面，于是就用上了这待客的礼数。

我在旁边一边刷牙洗脸一边听他们聊天。二伯父中过风后耳朵有些听不见了，我父亲每说一句话，他都要把耳朵朝向我父亲的方向努力地听。即便如此，他还是经常要用语气词来表示是否听见了。如果回一声"哦"，就说明听明白了。如果回的是"啊"，并且语调上扬，那就是要人再说一次。我父亲今年过完生日就六十岁了，反应也是一天不如一天。因此他俩这样的聊天，在我们年轻人看来，那速度是慢极了。好在两位老人不嫌慢，聊得还挺起劲。

洗完脸我准备上楼，却突然听到二伯父叹了一口气。他和我父亲谈起了三奶奶和七伯母去世的事情。三奶奶是二伯父的母亲，而七伯母则是二伯父的弟媳。三奶奶和七伯母婆媳之间一向不和，谁承想去年十月份的时候，她俩竟然同一天去世了。三奶奶活到了九十几岁，十月份天气转凉就一病不起，一天上午一口气没上来就去世了。七伯母听说了，赶过去想帮忙伺候一下婆婆身后的事情，但看见婆婆死后的模样，心里一阵不痛快，于是告诉旁边人一声，说身体不舒服就回家躺着去了。谁知道一躺不起，下午的时候三奶奶的遗体刚被放进棺材，就见到七伯母的儿媳跑过来报丧，说七伯母也过去了。

婆媳同一天相继去世，这样的事情说起来自然有些令人不可思议。二伯父的意思，他的母亲活到了九十几岁，眼看着就要过一百岁了，活到这个岁数，死了反倒是一个喜事。为了奉养三奶奶的事情，二伯父他们兄弟四人没少闹过矛盾，现在去世了，一了百了，所有的人不用再为这件事情发愁。但是七伯母去世，却是让人万万没有想到的。

我父亲那一辈的堂兄弟一共十人，我父亲排行老八。七年前我把父母亲接到上海和我一起居住，中间老家的音信时断时续。先是排行老三的我父亲的亲大哥去世了，不久就是老大和老七在短短的几年里先后去世，算上早年在公职上去世的五伯父，他们堂兄弟已经有四位去世了。

有的时候，死亡看起来是一件遥远的事情。可是如果同龄人突然不在了，人的心思就会发生巨大的变化，不得不开始考虑身后的事情。

二伯父谈起来七伯母的去世，据说是死于脑溢血。他说："我想了好几天，我现在也老了，七十多岁说死也就死了。死，我一点都不怕。但是我还想选择不那么痛苦的死法。像伦莲（我七伯母的名字）这样的死法就不错，死得快，临死自己也没受过什么痛苦，睡过去的。儿子儿媳也不用受什么罪，还要伺候几年。"

二伯父和二伯母据说在武汉住得也不是十分开心。全家靠他们儿子开的一间门店生活，临街开店，店后住人，烧火做饭都在后面的屋子里。二伯母帮忙带孙子忙得不亦乐乎倒还好，二伯父一辈子住在农村，让他整天窝在那间小屋子里，他觉得无法忍受。这次清明节回来，二伯母的意思是回来给先人们上个坟，完事儿了再回武汉。二伯父坚持把自己所有的行李都收拾好了，打算这次回来打死都不回去了。用他的话说，待在老房子里面，饿了就做点吃的，平时还可以在院子里晒个太阳，比去城市憋屈着强多了。

二伯父只有一件担心的事情，现在村里大部分人家都盖了楼，原先村里的那些老房子离新村有半里地。平时老房子那边没什么人去，路边野草都长得齐腰高了，二伯父说："就怕我在老房子死了没人发现，等到尸体臭了才有人进去看见呢。"

这样的谈话我是再也听不下去了，于是赶紧走开了。

早饭后，我和父亲去家族先人们的坟地祭拜。每年清明，这样的祭拜都是固定的流程，先是在祖宗的坟头摆上一摞摞的纸钱，一般我们怕这样还不算数，还要在坟前再烧上几刀黄表纸，最后放鞭炮请祖宗们收钱算是完成一年例行的祭拜。

我们家族的坟地就在老村后面的山上，一座山包，中间凹进去，呈 U 字形仿佛怀抱着山下的村庄。我们赶到的时候，大多数的家庭已经完成了祭拜，那些摆在坟头的纸钱被风吹得到处都是。这些纸钱印刷得很精美，买的时候捆成一刀一刀的，跟人民币一样大小，只是颜色和面额不同。以前这些纸钱都是买黄表纸来自己用印子印，后来嫌费事，都买了这印刷的纸钱。现在的纸钱，既便宜又好，怕祖宗们没钱花，面额印得都很大，十亿一张。还有跟真的一样的银行卡，可以烧给祖宗。

我至今还记得当年爷爷奶奶去世之后，我父母亲买来一摞一摞的黄表纸，然后拿来印子和印泥让我印纸钱。我一边印一边想，爷爷奶奶收到了这些钱该多开心，一定会保佑我的。当时的印子只有五元一张的，所以我从早到晚一天印下来大概也只有几万块。放在现在，一张机器印刷的纸钱就足够让我无地自容了。

坟地里，远远就能看见两座新坟，上面的白幡被风吹得东倒西歪。去年葬下三奶奶和七伯母时培的土已经被雨水冲刷得坑坑洼洼了。当时在坟前摆放的纸钱经过风吹雨淋，已经变成了白色。这婆媳俩在世的时候一直不和，死了之后根据生辰八字算出来的坟墓的朝向也不一样，中间隔了好几座坟，一副老死不相往来的样子。

我们家需要祭拜的只有五座坟，散落在坟地的各处，父亲带我一一祭拜，摆上纸钱，烧好黄表纸，然后就是一一磕头、放鞭炮。每座坟祭拜完我都小心翼翼地等纸钱烧成灰烬才离开，一来是要确保好不容易烧的纸钱祖宗们要全部拿去，二来还是担心这山风太厉害，一不小心就容易点燃坟地周围的枯草和树。

比我们来晚了几分钟的是六伯父。他的妻子也就是六伯母很早就因病去世了，几年前他的独子酒后骑摩托车不小心摔死了，因此他现在是一个人，平时在外面打些零工，今天就是从外地赶回来的。六伯父已经六十多了，眼神不太好，都是一样的土葬坟头，他跑上跑下分不清哪座坟头是他爷爷的。他看见我们也在祭拜，问我们，我们也说不清楚，他只好打电话问他的亲哥哥四伯父，问了好半天才搞清楚。

我们家族的这块坟地朝阳，清明节时的天气很好，几十座坟头不规则地排开，人站在中间丝毫没有传统墓园那种阴冷的气氛。我陪着父亲在几座坟头之间转来转去，一边和父亲聊着天，一边认认真真地烧着纸钱，满心欢喜地希望祖宗们能收到我们送给他们的这些钞票。祖宗们躺在这阳光满满的坟堆里面，虽然坟堆简陋了一些，但是终于可以踏踏实实地晒晒太阳了。

我想起我小的时候，那时候大伯父还是村长，总是板着脸在村子里面走来走去。那时候我们都很怕他，尤其怕他恶狠狠的眼神。每逢村里开会的时候，一整个晚上就听到他洪亮的声音在那儿响。他去世前两年我从外地回来还见到过他，他已经退下来了，靠打些零工来养活自己，原先魁梧的身材已经佝偻得不像样子了。我当时诧异了很久都不能相信人可以有如此大的变化。他的坟地前几年我还能认出来，现在差不多和其他的坟堆一样，再也辨认不出来了。

我们祭拜完了，放过鞭炮，站在山岭上看六伯父在坟地里跑上跑下。父亲等他祭拜完了，邀他一起去我家喝茶。我跟着他俩走下山去，听他俩边走边商量："明年恐怕要给他们立一下碑石，刻上名字，不然等我们不在了后代人恐怕更加搞不清楚了。"

阳光很好，路旁无名的小花开得十分显眼，这是甲午的清明。

/ 我们经历过的高考

1998 年 5 月份，我和老周被市教育局的丁科长领着，走进了市一中的大门。一中的校长亲自接待，对于这两个从北京回来的考生，他多少有些措手不及。于是在简单地询问过我们在北京的学习情况之后，就果断地叫来了奥数班的班主任。

我至今还记得这位年轻的班主任，他姓熊，高高的个子，进来之后就站在那儿俯视着坐在沙发上的我和老周，然后用疑问的眼神看向校长。校长说，这两位同学是从北京回原籍参加高考的，成绩很好，就放在你班上吧。

熊老师爽快地领下了这个任务。但是，以我的观察来看，他其实是有些担心的，可是学校和教育局领导都在，他只能领命。临走，丁科长边笑边指着熊老师大声说，这两个学生当年都是好苗子，又去北京读了三年，你要好好上点心啊！

市一中的高三年级一共有十个班，奥数班是十班。从校长办公室走去教室的路上，熊老师介绍说，奥数班是这个年级最大的希望，奥数班的学生从高一年级开始，每年选拔和筛选一次，把别的班上的尖子生抽调进来，把班上落后的学生淘汰出去，因此现在留下的几乎就是全年级最好的。

我和老周在十班的出现并没有引起任何反响，我们跟在熊老师后面走进去的时候，只有几个脑袋抬起来看了我们一眼，大部分人连头都没有抬继续看书做题。熊老师指了指两个空位，让我和老周分别坐好，他在讲台上默默站了一会儿就走了。

我坐在座位上，有些茫然无措，同桌的同学从他的书堆里挑了一本参考书借给我让我先看起来，我连忙感激地说谢谢。这个班大约有八十人，前几排的学生都在很专心地复习功课，只有后排有几个人在好奇地看我们。我后来才知道，坐在后几排的大多数是复读生，同样的功课他们读了两年，到了这个时候估计烦躁透顶了。

入校的第二天正好碰上熊老师所教的数学的摸底考试。这是进入高三以后他们每个月都要做的事情，在这里，往往在高二的时候就已经把三年的课程全部上完了，然后从暑假开始就进入了一轮又一轮的复习。所谓的复习，其实就是学生不停地做习题，老师不停地讲解习题，摸底考试则被看作是对老师和同学的一次检验和校正的机会。

环境是陌生的，考卷则还好，上面的题是熟悉的。拿到判好的卷子，我得了147分，只错了一道3分的选择题。我不禁有些自得。熊老师不慌不忙地把试卷全部发还到同学们手中，然后抬头看了看大家，说，这次考试大家表现不错，我们班一共有十五位同学得了满分。说到这里，熊老师看了看我，又说，北京回来的同学也不错，只错了一道题。

同学们齐刷刷地朝我看过来，我恨不得找个洞钻进去。这实在是一个响亮的下马威。在我过去三年的学习生涯中一直引以为傲的数学在十五位满分的同学面前迅速归零。

傍晚吃饭的时候，我边吃边向老何了解这边的情况。老何是我初中同学，在我从北京回来之前就帮我在学校旁边租好了房子，他也从学校宿舍搬出来和我同住一起准备高考。我说，老何你现在是我唯一的靠山，你可要告诉我真实情况。

老何咽下一口饭，看了我一眼，说，这里的复习和摸底考试的逻辑你可能要搞清楚，它不是为了学习更多的方法和知识点，知识点的学习早在半年前都已经结束了，现在只是为了看看还剩下什么问题。这是境界问题，在这个境界下，得满分一点儿也不稀奇啊。不过，你北京回来的能考成这样已经不错了。

我有些发蒙。吃完饭，捧着饭盒跟在老何后面穿过空荡荡的篮球场。5月份的天气，水泥地在傍晚显得有些灼热。我实在不想马上就回到那个闷热的教室里去，可是操场在晚饭的短暂喧闹之后已经恢复了平静，不远处教学楼的灯光亮了起来，远远地看去，整栋教学楼无比安静，我知道，那些安静的灯火通明的教室里现在已经坐满了人，他们正把头埋在无休止的试卷和习题之中。

当然，黑暗的日子偶尔也有闪亮的时候。第一次语文摸底考试，我的作文被选为范文印发给全年级传阅。它稍稍给了我一丝安慰和喘息的机会。你如果能够明白掉进冰窖后正好有人扔给你一件棉衣的感受，那么你就能理解我当时的心情。在高考这件事上，信心的作用有时候是巨大的。

那时候这个班级里我谁也不认识，老周坐得离我很远，他每天回家吃饭回家睡觉基本上搭不上话。对我们感到好奇的人不少，但真正愿意聊天的人不多。老戴就是其中为数不多的一位。

老戴是复读生，剃着光头，坐在教室最后一排的角落里。和其他满脸苦大仇深、争分夺秒的同学不同，他坐在后面有些无所事事。他是第二次复读了。第一次高考前成绩很好，于是报了一所不错的学校，结果考试出来成绩一塌糊涂，只好复读。第二年，他压力比较大，报考学校时中规中矩，成绩出来却一鸣惊人，连清华北大的分数线都够了，懊丧之余，决定再次复读。现在我们正在复习的东西他已经经历过三遍，就算是大餐恐怕也吃腻了。

和老戴认识跟我那篇作文有关。我的作文传阅之后，很多初中时候的同学知道我回来了。他们分散在各个班级，来看我的时候就跑到教室的窗口喊我出去说上一会儿话。有一天，窗外来了个陌生的男生，也在窗口喊我。我人生地不熟，同桌也在一旁低声告诉我这个人不是什么好学生，让我不要出去。我正在犹豫，老戴走过来拍了拍我的肩膀，说，你去，我看着，谅他不敢找你麻烦。外面那位兄弟果然是来寻麻烦的。原来我有位初中女同学，初中毕业之后和我有断断续续联系过几封信，听说我回来了，也要来看我。这位兄弟大概是喜欢她，立马跳出来表示不答应。于是他就代表那位女同学来看我，顺便警告我一下。老戴站在我旁边，那位男生看架势不妙，不敢纠缠，把那位女同学的纸条交给我就跑了。

这是枯燥的高考生活中一个小插曲。我因此认识了讲义气的老戴。后来我才知道，每天晚自习前，老戴和几个同学都会偷偷跑出去踢一会儿足球，这几位同学和老戴一样，都是复读的学生。他们的苦闷比其他学生大得多，他们曾经经历过高考的失败，如今坐在这间教室，只不过是在着急地等待一个新的结果。我也加入老戴他们，常常偷偷跑出去踢一会儿球。十几分钟的样子，还要赶在班主任到教室巡查之前赶回来。我记忆中的那个球场很大，长满了野草。老戴他们踢球的技术和我的北京同学相比差多了，可是这也无法妨碍那短暂的快乐，五六个学生毫无目的地追着一只足球，也唯有那一刻我们才能暂时忘记高考马上就要来了。

现在想起来，除了班主任熊老师，我几乎记不起任何其他老师的脸了。其实不仅仅是老师，同学们的脸我也大都想不起来了。大多数时候，我只能看见埋在书堆中的一个个脑袋。这里几乎没有任何娱乐活动，每天早上六点半开始早自习，晚自习则要十点多才结束。

我不是很适应这种缺少睡眠的作息，于是向熊老师提出想要适当地晚到早退。学校大门一般都是关着的，门卫需要批准的条子才允许进出。熊老师愣了一下，最后还是答应批条子给我这位特殊的学生。

我花了将近一个月的时间摸清楚这座学校的规律。真的要感谢三年在北京的学习生活。我经常听到很多人对北京学生考试能力的不屑，其实这种认识是有失偏颇的。北京的学校对于高考也很重视，但是教学计划却基本上是按部就班的。学生有大量的活动时间，周末也是自己的，高三的学生有紧迫感，却没有压迫感。在这样的环境下，大部分学生拥有很强的适应能力和自信心。这样的自信心和适应能力让我能很快调节好心态，重新投入到新的竞争环境当中。

我依然记得，坐在第一排的一位女生。我记得她似乎姓田，但也许记错了。她就是那十五位数学考试满分的同学中的一个。我几乎没见过她长得什么样子，很少见到她从书堆中抬起头来。只记得她身体比较单薄，梳着简单的马尾辫。她成绩很好，年级能排到前三名，是这个班级目标考上北大的人选。老师们对她都很照顾，跟她说话也轻言细语。偶尔摸底考试有失误，做错了不该错的题，她都十分紧张。我看着她的背影都能想象得到她满脸通红的紧张模样。

我有一次在教学楼门口撞见她和她的父亲在一起。她的父亲一看就是那种老实巴交的农民，手里提着一些衣物和吃的东西，正在关切地问她情况。女同学眼睛一直看着地上，脚尖在地上漫无目的地画着线，嘴上有一句没一句地回答着父亲的问题。后来她从父亲手里接过东西，就转身匆匆走了。我看到那位父亲在教学楼门口站了很久，直到女儿的背影消失了也还在那里怔怔地望着。也许在他心里，他改变人生的所有希望都已经寄托在女儿身上了。

报考的日子到了。老周没有填报他心目中"毕业之后就能够当官"的人民大学，而是选择了本省的武汉大学。我犹豫了很久，在上海工作的姐姐劝说我保险起见，报考上海交大。在那个时候，我并没有太多的选择余地，于是画掉了报名册上已经填好的北京大学，把上海交大写了上去。

报好志愿的那天傍晚，我跑到街边的电话亭给北京的同学打了个电话，告诉我最终的选择。我们曾经有个美好的约定，要相遇在北大校园，可如今这一切都要在现实面前成为泡影。

那天晚上，熊老师召开了唯一的一次班会。他让每个人讲讲自己报考志愿的原因。轮到我的时候，我说选择工科将来不怕没饭吃，惹得大家都笑了。老戴报了武汉大学，姓田的女同学如所有人期待的那样报考了北京大学。那个晚上，我第一次听到所有同学的声音，大家不时因为某位同学有趣的发言而哄堂大笑，似乎忘记了过几天就要高考了。那一刻，现实和理想在教室里变成了相互辉映闪闪发亮的星星，照亮前方的路。

1998年7月6日，全市参加高考的考生拥进了一中校园。一中附近的街道上，餐馆里，出租房里，到处都挤满了来参加高考的学生和陪考的家长。我租住的房子也被我的初中同学占领了，我们不得不几个人挤在一张床上。

7日，高考的第一天，我和其他同学一样拿着透明的笔袋，等候在教学楼门前等待开考的铃声。回头看校门口，铁门前挤满了脖子伸得老长的家长们。我早上警告过陪考的母亲，让她不要像其他家长那样挤在那里看着我，我回头看时的确没找到她的身影。可是我相信她一定悄悄站在一个我看不见的地方，充满期待地看着我。

走进考场的时候，我并没有预想的那么紧张，监考的老师都很和蔼。我坐在考桌前等待着分发试卷，抬头看去，黑板上监考老师除了写了考试时间和要求，还十分有心地写着四个遒劲有力的大字：

祝你成功！

那一刻，我不禁泪从中来。

后来，老周和老戴都如愿以偿，考上了武汉大学。老周后来从武汉大学毕业去了美国读博士，现在也成了美国人。老戴后面没有和我联系过，想必他的人生路终于不再那么坎坷吧。姓田的女同学刚好考够了上北大的分数，这是后来听熊老师说的，我再也没有见过她。

瞎子科爹

瞎子科爹不是谁的爹，而是我爷爷的堂弟，我的叔爷爷，我们老家这里的习惯，喊爷爷为爹。瞎子则名副其实，瞎子科爹一出生眼睛就看不见东西。

瞎子科爹刚长到成年父母就去世了，族人们盼着他能自立，要给他谋个差事。电影和评书里的算命先生基本上都是瞎子，于是瞎子科爹顺理成章地被族人送去跟同样是瞎子的一位师傅学习算命。开始的几年，瞎子师傅给人算命，瞎子科爹就在边上听着，边听边记。瞎子科爹不识字，但瞎子记性一般都好，天干地支那么复杂的演算也能一件一件记得清清楚楚。几十年后我的姑父仗着念过几遍周易和万年历，曾经挑战过瞎子科爹，客人刚报出出生年月日，瞎子科爹翻了翻白眼立马就批出了八字，而我那念过书的姑父才刚刚翻开他的万年历。瞎子科爹翻白眼不是瞧不起人，他思考的时候都喜欢这样。

瞎子科爹长到三十岁左右就已经可以陪他师傅出门帮人算命了。两个瞎子，一前一后，都挂着拐杖，步调一致地敲打着路面在田野小路上走。有人喊住他们算命，他们就停下来，坐在客人搬过来的椅子上，笑眯眯地等着客人开口。这时候已经换成了瞎子科爹帮人算命，瞎子师傅在旁边听，帮着把关。瞎子科爹虽然眼睛看不见，可是嘴巴稳，不瞎讲，边讲还边笑眯眯的，客人几乎没有不满意的，因此很快就出师了。

等到我记事的时候，瞎子科爹五十多岁，已经是十里八乡算命瞎子里面的头牌了。十里八乡的人都知道我们村的"科师傅"，那时候的人尊重手艺人，瞎子科爹用的是嘴，但本质是动脑，属于比较高级的手艺人，接近半个知识分子，所以人人都乐意喊他一声"科师傅"。其实"科"并不是瞎子科爹的大名，他的大名叫郭万兵，小名叫科伢，"科师傅"出名后，他真正的大名反而没多少人知道。

那时我们一大家祖孙三代住在一大坳院子里，院子出门右手边有一间耳房就住着瞎子科爹。他那间房子是族人帮他盖的，屋檐和我们家院墙之间有两米宽的间隔。我们小孩子总喜欢在那个过道里玩，就经常看瞎子科爹坐在半明半暗的房间里给人算命。

有时候来算命的是一位大娘，牵着一个刚成年的大姑娘，大概是来给她闺女算算亲事。大娘满脸着急地报出闺女的生辰八字，瞎子科爹还是一脸堆笑，慢悠悠地一个字一个字地解，生生把这几个字拆出一大篇话来，有前言有后语，一套一套地跟念歌诀似的说给大娘听，听得大娘一会儿眉头紧锁一会儿又眉开眼笑。一旁的姑娘则是坐也不是站也不是，又想听又怕听，憋得满脸绯红。

很多时候来的是婆媳俩。婆婆报儿子儿媳的八字，算的却是坐在一旁的儿媳妇肚子里面的事情。不孝有三无后为大，婆婆着急，媳妇脸上装作满不在乎深恶痛绝其实心里比婆婆还紧张。瞎子科爹的算词传达着某种神秘的旨意，随时撩拨着婆媳俩的心弦。在这种事情上，瞎子科爹永远说得模棱两可，一句话能听出几个意思来。比如说瞎子科爹算出这个小媳妇儿怀的是闺女，他会这么说：这孩子好啊，命中带水，正好和父母五行相补，父母有福了。

算人的事瞎子科爹总是比较含糊，但是有时候他被要求必须准确，比如有些客人不是来给自己算命的，而是家里牛走丢了，来找算命的先生给个方向。这种事瞎子科爹最在行，不慌不忙地问清楚过程，掐完主人家的八字，沉吟一会儿总能给出个大致的方位。大多数情况下牛最后都能找着，巧合的是基本上都在瞎子科爹说的方位上，这就让瞎子科爹蒙上了更加神秘的色彩。

瞎子科爹生意很好，每个人的命算完都有五毛钱或者一块钱的收入，给一块甚至给更多的往往是对结果很满意的客人，给完钱满心欢喜回家等着抱孙子了。没有人会少给，因为瞎子科爹一摸就知道钱是多大的面值，甭管你是新的还是旧的，哪怕是揉得皱巴巴的瞎子科爹也能摸得出来。客人给了钱，瞎子科爹就一边笑眯眯地陪你说会儿话，双手却小心翼翼地摸着纸币，钱对了，瞎子科爹就感谢一句，然后小心翼翼地折起来装进口袋里，然后开始接待下一位。

瞎子科爹自己做饭吃，眼睛虽然看不见，油盐酱醋却不会搞错。我们有时候趁他不注意，蹑手蹑脚跑进去把他的盐瓶挪个地方，然后躲在旁边等着看笑话。瞎子科爹伸手一摸，盐瓶不在，只好在灶台各处慢慢摸索，一点儿也不着急，最后总能被他找到。我们有时候装作正好经过，"好心地"把糖瓶当作盐瓶递给他，可是瓶子一到手里他就知道不对，抄起手边的拐杖作势要打人，我们于是一哄而散。瞎子科爹偶尔也有失手的时候，有一天他从锅里盛饭，一锅铲下去没铲上饭来却铲到了一只偷吃的老鼠，老鼠吱吱地叫着负伤逃走了，瞎子科爹从此每次都小心翼翼地确认盖好锅盖。

瞎子科爹快六十的时候去了养老院，他无儿无女，是族里唯一的五保户，乡里养老院一盖好他就被送过去了。瞎子科爹去了养老院，来找他算命的十里八乡的人也跟着去了养老院。听说养老院变得很热闹，那些孤寡老人因此很感激这位远近闻名的"科师傅"。当然，过年的时候瞎子科爹会从养老院回到村里，但是我已经不经常看到他，因为我们家盖了新房子，住到村头去了。瞎子科爹回村的话还住在原来的那个耳房里面，没有我们做伴显得格外冷清。

每年除夕瞎子科爹就会对外歇业，他选择这一天去村里的几户同族的人家给小孩子算命作为压岁钱送给这些他看不见但摸得着的孙辈们。他来村头我们家的时候往往已经是除夕深夜了，我们全家人围坐在火塘旁边，烧着噼啪作响的树根守夜，然后听着门外"噔噔噔"的拐杖敲打着地面的声音由远及近而来。我和姐姐总是欢呼着去开门，就看见瞎子科爹笑眯眯地站在门外。

除夕夜，瞎子科爹坐在我家的火塘旁边，拐杖放在一旁，笑眯眯地陪我们守夜，火光映在他的脸上忽闪忽闪的。我和姐姐的生辰八字他记得很清楚，瞎子科爹给我们慢慢解说来年的运程。遇到我和姐姐面临升学的关键年份，全家人都很期待地等着听瞎子科爹最后的算词。我姐姐高考那年，瞎子科爹算词说我姐姐考试要细心一点，心高气傲的姐姐没听完就赌气回房睡觉去了，瞎子科爹叹了一口气没有再说什么，坐了一会儿就起身告辞了。

后来我离家去北京读书了，寒暑假才能回来，也没有见过瞎子科爹。听说镇里养老院裁并，瞎子科爹去了十几里外的另一个养老院。他的年纪越来越大，记性也变得不太好了，原先这附近经常找他算命的人也不愿意跑那么远去找他了。再后来某天我妈给我打电话的时候说瞎子科爹在养老院去世了，族里去抬他回来安葬，安葬花的钱就是用瞎子科爹生前算命攒下的那些。都是五毛或者一块的票子，每一张都被瞎子科爹细细摸过，软软的，整整齐齐地叠在一起。

我出门在外感到没方向的时候总是会想起瞎子科爹，想起他的拐杖"噔噔噔"敲打地面的声音，想起他用沉稳的语调笑眯眯地说着算词。我有时也会想起他在那些除夕之夜是怎样回到自己独住的小屋的，他用拐杖敲打地面小心探路，走过两座小桥，然后绕开一座池塘，最后扶着墙壁穿过长长的巷子摸回他的小屋里去。瞎子科爹独自躺在黑暗的小屋里面，正是除夕深夜，爆竹声此起彼伏，那时他会在想些什么呢？

/ 祀者家之大事

　　小时候过年，短短一个月内，家里要举行三次盛大的祭祖仪式。腊月二十四是南方小年，迎接祖宗以及各路菩萨；除夕则是隆重招待在我家做客的这些祖宗和各路菩萨；到了正月十五，中国人传统意义上的"年"过完了，就要赶在元宵晚会之前送各路神仙列位先人各归原位。到了这会儿，无论是天上神仙还是地里的先人以及还不得不继续在江湖混的我们，二三十天下来差不多都已经吃好了喝美了，该干吗就得干吗去。

　　可以说，这三次祭祖的质量事关全家来年一年的前途，如此重要，主持仪式的人当仁不让就得是我妈。

　　祭祖这种事差不多就是请客吃饭，可又不只是请客吃饭那么简单，因为客人看不见摸不着全看请客的人心里有没有。它有一套复杂而完整的程序，掌控这个程序的人就是我妈。什么时候上菜，上什么菜，碗筷怎么摆，斟多少酒，什么时候点香，烧哪种纸钱，最后什么时候放鞭炮结束大典，这些问题在我妈的掌控下已经成了艺术问题而不是技术问题。祭祖前三天她就已经把家伙事儿全都准备好了，同时还会做我们的思想工作，让我们端正态度投入到这场大典当中来。古人讲，祀，国之大事也，这句话应用到我妈身上真是再贴切不过了。

祭祀中特别隆重的部分就是听我妈念祷词，然后大家依次磕头。我妈念祷词几乎就是一场脱口秀，她往往开宗明义，表示接诸位大神过来我家是有要事相商的，这些要事包括提高家庭收入和保持家庭成员身体健康水平，当然还会重点交代祖宗们要格外关照两位小朋友好好学习天天向上。在结尾的部分，我妈采取的是动之以情晓之以理的传统路数，一边表示对祖宗们关照的感激之情，另一边也稍微暗示一下，如果关照不够导致家庭收入下降，明年祭祀用的炖猪肉只能用炖豆腐代替了。我妈站在那里对着几个空荡荡的椅子喋喋不休、循循善诱，让站在一旁的我感到背心一阵阵发凉，我怎么就看不见他（她）们呢！

好不容易祷词念完了，进入磕头谢恩程序，全家人序齿排班，童叟无欺，轮流在坚硬冰冷的地面上跪下来，举手作揖。这一环节事关每个人来年的福祉，一个也不能少，就连三岁小童也要完成。对于对此仪式暂时不能理解也无法独立完成的小朋友，我妈会使用近乎法西斯的手段将之强行摁倒，至少完成三次小鸡啄米才会放过。

我妈在仪式中表现出来的巨大气场深深让我折服，这样的折服表现在我作为一家之主总是会一丝不苟完成指令上。人家说，一件事连续做二十二次就会成为习惯，我如今已经三十几岁了，少说也经历了百来次祭祀，这样的仪式和程序经过我妈的长期坚持，已经深深植入了我的血液里。过年只有进行过这些仪式才觉得像过年，才有过年应该有的味道；过年祭祀时和祖宗及菩萨们的短暂却让人记忆深刻的小聚，提醒我一年中都要有所敬畏。

　　一年又一年，我们就在这卑微的敬畏中砥砺前行。

想念故乡的小河鱼 /

我的老家，真正称得上鱼米之乡。丘陵开荒为耕地，丘陵之间则是洼地，开辟为稻田，随着丘陵一侧则往往是一条宽百米的小河正好做灌溉之用。在我幼年的记忆里，这里完全是一副山青水绿的模样。

离村庄不远的河道里，一半是沙石，一半则是潺潺流淌的河流。河流随地势弯曲，拐弯处往往依着河岸形成一汪潭水，水不深，即使是十来岁的小孩下去最深也刚刚及腰。河水清澈，岸上的柳树倒映在水里，常可见半尺长的梭鱼在柳树的倒影中穿梭，粼粼的水面偶尔折射出梭鱼灰色的脊背，偶尔还能看得到蓝色或红色鱼鳍。这些梭鱼，在我们幼年来说，既是最好的玩伴，也是最肥美的食物。因为河水清可见底，最简单的办法就是用渔网来捕捞，渔网横穿河道，在水下静置一到两个小时，就能看到不少梭鱼自投罗网，卡到网上很快就动弹不得，起网的时候，在阳光照射下，渔网上多的是翻着白肚皮的鱼。当然还有些人喜欢智取，静静地坐在潭水边垂钓，眼睁睁地看着鱼儿上钩，钓一下午也能钓到许多。

我们将到手的鱼儿交给母亲，她们通常是按照这里古老的方式进行加工。去除内脏后，加盐进行简单的腌制，然后一条条摆到竹匾上整整齐齐地摊开，在阳光下晒一到两天脱水到半干。这些腌过晒过的鱼就是我家乡菜香煎小河鱼的半成品了，我的母亲先用热油在锅底烧得滚烫，然后小心翼翼地把一条条半干的河鱼摆放到锅里面，一圈圈按顺序整整齐齐地摆好，根据火候用筷子小心翼翼地翻动这些鱼直到煎成金黄色。河鱼在流动的清水中长成，因此鱼肉干净且极具韧性，经过油煎之后，头、尾、腹部嚼起来十分香脆，而背部肉厚处则略带韧性，放一条香煎小河鱼在口中，香、脆、韧，无论是佐酒还是下饭，真正是一道绝味。

这样的小鱼不仅在河里能见到，我们当地随处可见的池塘里也多的是。这里的池塘基本上都是活水，虽然不大流动，但是也上有来源下有去处，因此池塘里的水也是极其干净清澈的。这些池塘，大都建在自然村落的中央或者边缘，是一个村子灌溉设施的重要部分。我们小时候，一年四季，午饭的时候总喜欢捧着饭碗站到池塘边上吃，一边吃一边把菜叶子扔到池塘里，看着菜叶四周的油花大小，比赛谁家炒菜油水的轻重。这个时候也是鱼儿们最开心的时候，它们浮上水面，追逐着菜叶和油花，在莲叶间星星点点露出灰色的背和白花花的嘴。

为了灌溉的方便，这些池塘每年都要清理淤泥，通常是在冬天水浅时进行。那是全村人盛大的节日，池塘即将为我们献出它的恩赐：莲藕和鱼。水快抽干的时候，全村人以家庭为战斗小组，纷纷卷起裤腿跳进池塘中抓鱼。真的是抓鱼啊，鱼在浅浅的水面上挣扎，又或者顾头不顾尾地一头扎进淤泥里，我们伸手下去就能一条一条地抓上来。这时候精壮劳力全下池塘了，或者空手抓，或者用渔网捞，没有一次失手的；家里的老幼，不敢下水的，则眼巴巴地端着脸盆或者水桶围在岸边，伸出去接住池塘里的家人扔过来的鱼儿。这真是一次狂欢，每个人都激动不已，争先恐后，岸上岸下，呼儿唤女，人仰马翻。总有那么一位幸运儿，悄悄地逼近那条最大个儿的鱼，看准了一把按住，挣扎一会儿不顾弄到一身的泥水将鱼抱起来，引起岸上一片羡慕的尖叫声。

在我的记忆中，每年一次的抓鱼都会持续一个多钟头，几乎每家都能抓到满满一桶鱼，被家里的小孩跟跟跄跄地提在手中，大家喜气洋洋，高高兴兴地护送着战利品回家去，不一会儿，满村都飘荡着鱼汤的香味。这样一次捕捞，每家都要吃上很久的鱼，母亲将鱼按大小分门别类，大的做成红烧或者熬鱼汤，小鱼则剥洗干净腌好晒干，待日后做成香煎鱼供一家人慢慢享用。

我的父亲是抓鱼能手，每年都抓到好多。不仅如此，他总能有新的招数给我们惊喜。记得有一次，头天下大雨，父亲冒着雨神神秘秘地跑了出去。第二天一早，我被他从被窝里拎了出来，满怀狐疑地跟着跑到村后的池塘边。父亲让我站在岸边，这是池塘的上游入水口，只见父亲跳下去，摸索片刻，忽然取出一只竹篾做的圆篓来，摇了摇，得意扬扬地举给我看。我好奇地接过竹篓，竹篓沉甸甸的，水还沿着篾片间的空隙流出来，竹篓里居然是半篓鱼！太神奇了，原来熟知鱼性的父亲料到下大雨的时候鱼儿会顺着入水口逆流而上，于是预先放置了一只竹篓，等今天雨停，鱼儿沿水流返回池塘的时候自动游进了竹篓里！父亲指给我看，原来竹篓是有机关的，篓的颈部细窄，那里有倒放的尖尖的篾片，鱼儿可以游进去，但是要想游出来就会被尖尖的篾片卡住动弹不得。父亲背着手在前面慢腾腾地走回家，我喜滋滋地捧着鱼篓跟在后面，内心充满了对父亲无以言表的崇拜！

后来我离乡读书，然后就是工作。父母搬来城市和我一起住之后也从市场上买过几次小鱼，做成香煎鱼给我吃。不知道是鱼的问题还是油的问题，无论如何也比不上老家的香煎鱼那么香脆韧。偶尔回到老家，儿时玩耍的河道被辟成了沙场，河流也几乎干涸了，再也不见小鱼的踪迹。村里只剩下老人和小孩，池塘再也无人打理，长满了杂乱的水草和浮萍，拨开来看，水已经变成了肮脏的绿色。我沿着池塘岸慢慢走着，恍惚间看见那时候的人们又在熙熙攘攘地抓鱼了，心里顿时一片茫然。

长虫记 /

　　我对蛇一类的动物总是敬而远之，倒不是因为被伤害过，而是一看见就背心发凉，即使是在动物园里隔着玻璃橱窗都能感受到一股阴冷之气。在我们老家，以前都住平房，偶尔能遇到蛇出没，有时候能看见整条蛇沿墙根或者房梁游走，大多数则是忽然瞥见蛇身的一段，当然，最可怕的是看不见蛇但在墙角发现白色半透明的蛇蜕，那就会让人担惊受怕好长一段时间。

　　家里出现的蛇据说是有灵性的，说是祖宗变的，一般不会伤人。即使如此，我还是敬而远之。记得我读小学的时候，有一次放学后一个人坐在堂屋的椅子上看小人书，总觉得怪怪的，不舒服。于是跑到门口坐在门槛上继续看。没过一会儿，忽然听到背后传来"啪"的一声，回头看，一条快一米长的蛇从房梁上掉下来，正好落在我刚才坐过的椅子上。蛇很快游走了，我吓得腿都软掉了，至今想来还是毛骨悚然。

其实，我现在知道，蛇跑上房梁大都是为了追捕老鼠，至于它是怎么爬上四五米高的墙头，至今都是个谜。这是颇具神秘感的一件事。我们村有个鳏夫，有天晚上听到房梁上有动静，开灯一看是条黑色的大蛇，正抬起头观察他，于是他找了根棍子把蛇打了下来。可是第二天晚上，他听到房梁上还有动静，一看是一条比昨天稍小的黑蛇，他于是一不做二不休，又打了下来。本以为从此太平无事了，不料第三天夜里他又听到了动静，开灯后看见一大一小两条黑蛇在房梁上。这位鳏夫吓得魂飞魄散，第二天赶紧买了两刀黄表纸烧了，据说后来就再也没有看见这两条蛇了。

十婶给我讲过她的一次亲身经历。有一天她在七伯母家坐着闲聊。妯娌俩几乎同时发现墙角背光的地方有一条蛇，听到她俩的惊叫声，那条蛇嗖地钻到了墙角的洞里面去了。七伯母胆子比较大，提了开水瓶朝洞里倒开水，不一会儿那条蛇就跑了出来，妯娌俩追到灶间，终于把蛇截住手忙脚乱地用铲子铲成几段。第二年，七伯母突发怪病，忽冷忽热，身上的皮肤一块块地蜕了下来。百般医治终不见好，后来请了位看相的来看。这位看相的提示说是不是伤害过家里的长虫，七伯母点头说是，看相的于是让七伯母亲自烧了黄表纸谢罪。神奇的是，才过几天，七伯母的病不治而愈。

我们老家关于家蛇的故事很多。尤其是我们村，建村的时候据说是打断了一条山梁辟成平地建的房子，后来有高人指点说，这道山梁状如大蛇，我们的房子刚好建在大蛇的七寸处。山梁被截断的一头，形如蛇头，蛇头前是一汪潭水，仿佛一条蛇出没于水面之上。这样的传说让这蛇山充满了神秘感，虽然山不高却人迹罕至。后来村里建工程需要石头，于是有几位精壮劳力跑到蛇山，炸山开石。炮声响后，石头裂开几条小缝，几条尺余长极精瘦的红色小蛇蜿蜒而出，把几位精壮劳力吓住了，竟然愣在当场。从此之后，再也没有人敢打蛇山的主意，蛇山顶从此更加郁郁葱葱，再也没有村民敢一个人上去。

　　这些故事如今已经很难找到当时的亲历者了，然而所有人都相信是真的。子不语怪力乱神，然而正是怪力乱神会让人心生敬畏，所以也并不全是坏事。我有时候散步经过蛇山旁的小路，就会格外小心，唯恐会有红色小蛇从石缝里钻出来，然而一次也没看见。村里陆陆续续盖起了许多三层的楼房，瓷砖铺地，窗明几亮，再也没有人看到蛇出没了。我有时候在想，它们都去哪儿了呢？

第二章　北区散记

北区，少林寺 /

　　在我们这样一所理工科为主的大学，很难指望盛行什么文艺之风，就连校区的分布，那也是严格按照方位来命名的。开始的时候，学校只是被拦腰分为两截，上北下南，是为南区北区。后来校园向东扩建，也遵照此例名为东区，以南北向横贯校园的一条高速公路为界。我曾经去过不少学校，比如武汉大学，依珞珈山而建，划分出来相对独立的各个区域都以该区比较有特点的树木花草命名，比如樱园，听起来就透着一丝雅意。这在我们学校却不常见，比如学校教学楼旁一个大湖，杨柳依依，草木葱茏，老师、同学课余饭后经常临湖而坐倒也雅致，可惜名字却是"人工湖"，令一池碧波顿时失去了颜色。

　　"人工湖"这个名字被叫了两年，后来依了校训，改名叫作"思源湖"，取的是"饮水思源"的意思，算是还了这个湖一个清白。不过，这种山寨出来的风雅并没有维持多久，东区扩建，又多出来一个"人工湖"，也不知道是哪位神仙，居然取名叫作"思源二湖"，令人大跌眼镜。

这所学校，男女学生比例是严重失调的，我们那一届据说情况算是比较好的，但全校平均也只有7：1。比如我们班，总共二十八人，只有八位女生，当真是狼多肉少。这不算是最惨的，据称和我们同一届的物理系，全系总共只有一名女生，那才叫人真的是欲哭无泪。听说当时班级如果有什么活动，这名女生总是缺席，倒不是因为她恃宠而骄，而是物理系那帮糙爷们压根儿就忘了还有女生存在这回事，通知也忘记发给她了。后来据说这个女生不巧和别的院系男生好上了，也不知道物理系那帮纯爷们是怎么度过漫长的大学四年的。

学校的南区开发得最早，就连树木也比其他区要更加高大茂盛一些，离教学楼近，人气也最高，往来络绎不绝。所以，这所学校几乎所有可歌可泣的故事都发生在这个区，我们那一届也不例外。比如，入学不久，大家都还处在相互了解相互融合的阶段，彼此谈话都还客客气气离打打闹闹还很远，以至于宿舍楼里显得有些冷清。可是忽然某一天熄灯之前，就像《海上钢琴师》轮船上最先发现自由女神像的那位旅客一样，一位一直在阳台上极目远眺的男生突然尖着嗓子喊了一声："女生！"整座宿舍楼顿时轰动了，我们纷纷挤到南阳台上朝对面看去，对面居然是一栋女生宿舍楼！这让我们兴奋起来，一时间吹口哨的、拿望远镜的、尖叫的，此起彼伏。对面似乎很快就发现了这边的异状，有胆大一点儿的女生跑到窗户边和这边对望，大部分女生迅速拉上窗帘以免春光外泄。那天的喧嚣持续了很长时间，连学校保安都惊动了，在楼下好奇地观望又不知道如何下手，直到熄灯大家才渐渐安静下来。

这样的大事是不会发生在北区的，因为北区没有女生。

和南区一河之隔，中间有两三座桥相通，光秃秃地立着几排水泥楼就是传说中的北区宿舍楼。北区宿舍楼群，又被称作"少林寺"，以彰显它独特的特点：这个区里，没有一个女生，在楼上楼下行走的，全是清一色的男生。当时有句话说，在这座少林寺里，如果有只母鸡，那一定是好看的双眼皮的。这句话有点损，不过却形象地描述了当时这个区里饥渴的状态。因此，如果偶尔有人带女朋友到宿舍楼来，他一定是紧紧地搂着女生的腰，仿佛是害怕被周围男生的眼神给勾走一样。即使这样，一路走过去，还是免不了要接受阳台上无聊男生的口哨，这样的口哨，让搂着女朋友的男生既骄傲又有些害怕。

在少林寺里面行走，空气中也仿佛散发着荷尔蒙的味道。有一位同学，是位足球好手，可是换下来的球衣T恤却总是没工夫洗，他的方法是把它们都塞到床底下去，下次踢球的时候，拿出来嗅一嗅，挑一件味道不那么重的继续穿。直到后来他有了女朋友，这个情况才得到改观。那个时候，带女朋友回宿舍是一件很隆重的事情，绝对不是串串门那么简单。男生们在宿舍楼里面行走，天热的时候大多是只穿一个裤衩，反正也没有异性看见，可是有女朋友要带回来那就不一样了，必须提早好几天开始打招呼，等到女朋友驾到的那一天还要确认同宿舍的都穿好衣服了。可是即使这样也免不了要出一些意外，有一次，一个女生跑到宿舍对面水房洗手，刚进去就嗷一嗓子朝回跑。她男朋友去水房一看，另外一个男生站在淋浴间里用脸盆挡着下身，呆若木鸡。想必是这哥们像平常一样图凉快，洗个冷水澡被女生撞见了。这可真够让他尴尬一阵子的。

　　少林寺里也有自己的节日，那就是有足球比赛的日子。2000年欧洲杯，那是齐达内和特雷泽盖如日中天的时候，每个男生都不会错过。赛事时间在凌晨，但是很多人早早地就准备起来了，在楼道里架上电视机，在旁边摆上军棋，一边"四国大战"一边等比赛开始。我们几个爱学习的，坐在自习教室里也是如坐针毡，不停地看表，到了九点多钟就迫不及待地跑回宿舍楼了。凌晨一到，比赛就要开始了，整层楼的人都挤到楼梯转角的地方围着一台小小的电视机，一个人刚出口评论一句，另外一群人马上就骂了回去，可是总有勇敢的人忍不住要顶着被骂的风险说上两句。那时候到了晚上十一点宿舍楼就限电，可这也难不倒我们，我们把每个宿舍里的插线板连起来，从一楼二十四小时有电的地方拉上来接上电。可这也有麻烦，学校的保安总会顺着电线的方向很容易就抓住我们，其中一两次还被逮到保安科去问话，可是第二天检讨完了还是照旧。对于男生来说，足球是大过天的事情，学校也拿我们没办法，保安也只好跑上跑下维持一下秩序。后来学校有了经验，在一次欧冠拜仁皇马大战的时候开放了学校礼堂让大家一起观战，亚洲杯那年每逢中国队赛事也开放礼堂给我们，半决赛中国队打日本队的那一场，菁菁堂的顶都快要被加油的声浪掀翻了，可惜最后中国队还是2：3输了。

看欧洲杯的那一年搞得我们很辛苦，正好碰到期末考试，比赛结束了基本上天就亮了，觉也睡不成了，大家干脆直接去教室，准备马上就要开始的考试。这种状况在2002年世界杯的时候终于没有重演，那届世界杯是在亚洲举行，比赛的时间是在我们最方便观看的时候。而且学校宿舍也重新装修过了，每幢楼一楼都有装着大电视的活动室，自然也不用我们私拉电线了。我记得那个时候很多人还在找工作，可是即使如此，很多人出门之前也会抱着简历看上两眼。大家挤在一起看着球，似乎忘记了马上就要到来的别离。那届世界杯让人印象最深刻的就是，那是我们心目中的足球之神巴蒂斯图塔最后一届世界杯，6月14日在阿根廷输掉与瑞典的比赛后，电视屏幕上的巴蒂掩面而泣。当然，那届世界杯我们心目中的主角自然是第一次打进世界杯的中国队，即使尽吞九蛋无功而返，也让我们兴奋不已，看比赛的时候多了一份牵挂。

2002年韩日世界杯结束之后，相处四年的同学就各奔东西了，很多人甚至都没有等到一起看决赛。北区宿舍楼后面的小小的复印室经过短暂的一段打印求职简历的喧嚣之后又恢复了冷冷清清。即将离开学校的最后一个夜晚，全是男生的北区少林寺也迎来了最后的高潮。同学们像疯了一样敲打着洗脸盆和对面宿舍楼的兄弟相互呼应，大家在释放最后一点过剩的荷尔蒙。有人把开水瓶从六楼扔下去，在楼下的水泥地上引起了巨大的声响，这引来了几十个开水瓶被扔下楼引起了一片巨响。学校的保安站在楼下，惊恐地看着我们把点燃的棉被蚊帐扔到楼下，他们连喝止都不敢，只是一群人手举着灭火器拼命地喷熄越烧越旺的火苗。那是一次肆无忌惮的释放，少林寺里充满着叫嚣、奔跑，还有哭和笑。

那一年，NBA 里的得分王仍然是一米七六的艾弗森，王治郅虽然满载我们的希望却只能屈居比赛的边角料，我们带着别离的愁绪奔赴四方。唯一的好消息是，姚明在那年的 6 月成了 NBA 的"状元秀"奔赴美国开始了他令人自豪的征途，这个消息如同一个细小的种子埋到了我们心里，并在不久的未来最终生根发芽。

有没有一首歌会让你想起我 /

一个月前，James 在微信上发消息，他的第二位公主在早上驾到了。我照例恭喜了他，发自内心的那种喜悦在他的微信上升腾，他的喜悦感染了我，跟当年没什么两样。十年前，他和女朋友两个人去了澳大利亚墨尔本读书，后来就留在了那里。中间他也许回来过上海，可是我们并没有见面，只是在网络上有过零星的交流，知道他和女朋友结了婚，在墨尔本有了工作，再后来就看到他经常发女儿的照片了。

James 的妻子，仍然是当年在大学时和他谈恋爱的那一位。当年她只是偶尔跟 James 跑到我们男生宿舍来，人是轻轻盈盈的那一种类型，穿着淡雅的衣裙，仿佛一阵清风吹进了我们的宿舍。他俩也是高中同学，直到大学谈恋爱还是在瞒着双方家长，据说家教很严。我们大学在上海，他们是上海本地人，每个周末都回去和家人度周末，但是和其他上海同学不同，他们周日往往回来得很早，半下午就回学校了。回到宿舍，James 总是架起他的 CD 机，连上我的音箱，开始放流行歌曲。有时候是张学友的，有时候是顺子的，最多的时候是放周华健的歌曲。James 一边听着音乐，一边整理书柜，或者对着镜子梳头发，尽管他的头发总是保持油光可鉴的程度。一盘 CD 放完，他就噔噔噔下楼走了，后来我才听说，是和女朋友泡思源湖去了。

第一次见到 James 是在大学开学第一天。那天我扛着行李，刚找到自己宿舍的床，敲门进来一个人，满脸堆笑，那就是 James。在一个人生地不熟的地方，当你正惊疑未定的时候，突然跑进来一个人，满脸堆笑地对你自我介绍，这真是一件让人深深觉得不靠谱的事情。我盯着他油光可鉴的小分头，内心十分犹疑，完全谈不上好感，当下就冷场了。James 于是一边讪讪地帮我放置行李，一边不停地介绍学校的各种设施和学院的开学安排，正尴尬间，他的一位高中同学正好在楼道里喊他，他才忙不迭地一阵风地跑了，剩下我一个人立在空荡荡的宿舍里，对着门口发了好一阵子呆。

James 后来成了我们的班长，从大一一直做到大四毕业，中间没有被换过。他是我见过的班长中间最没有权威性的一个，不管见了谁，他都能笑眯眯地搭上几句话。他的那种笑容谁也学不来，笑的时候不仅面部堆笑，就连不大的一双眼睛也堆满了笑。那样的笑容，真的是发自内心，让人无法拒绝，所以大家都很喜欢他。当时在学校里，他对每一个同学都照顾得很周到，即使班上几个比较凶悍的爷们，尽管私底下也表示过对 James 发亮的头型的不满，但是见了 James 的笑容马上就被融化变得柔和了起来。James 就是有这样的气场，他出现的地方，即使我们刚刚还在谈着国家大事，一刹那间就会变成好吃的和好玩的，让人严肃不起来。

大学的时候大概没有什么让 James 发愁的事情，除了女朋友和考试。女朋友这件事，James 透露得很少，但据说经常被修理得很厉害，不过我们很难想象他那娇小的女朋友生气的样子，那么娇滴滴的人儿怎么会对着嬉皮笑脸的 James 发脾气呢？可是我们一看到 James 跟在他女朋友后面屁颠屁颠跑前跑后的样子，立马又相信了这种传言。至于考试，在大学期间对谁都是一件头痛的事情，但对于 James 而言就更要命了。平常上午上课，他总是迟到，迟到的原因恐怕谁都想不到，竟然是因为洗头。每天早上起床之后，他总要花半个小时洗头洗脸，然后就是细细地梳头。我大二之后和他同一个宿舍，洗漱完了就等他一起走，可是这位仁兄的洗头洗脸过程相当复杂，以至于到了上课时间他往往还只是完成了一半。跑进教室的时候，我们想从后门悄悄溜进去，可是 James 那油光可鉴的小分头立马吸引了全教室人的注意力，老师也会停下讲课等教室的骚动安静下来。他人缘好，上课的时候很难认真起来，前后左右都有报纸和杂志递过来，看都看不完。所以，到了期末的时候 James 就开始发愁，苦着脸和我们一起去泡图书馆和自习教室，上了考场也是一副楚楚可怜的样子。

当然，让 James 发愁的事情也只有这两样，大多数的时候他总是很快乐的样子。有一次，我们一起做的一个暑期实践项目获奖了，学院老师奖励我们几百块钱，James 提议我们到卡拉 OK 去唱歌。也就是那一次，我才发现 James 的歌唱得非常好，几乎是专业的水准。他点唱的一首《花房姑娘》直接把崔健的歌改成了柔情版，而且还很自然。他唱歌的声音和周华健很像，他在宿舍里跟着曲子唱《朋友》，我们走在楼道里以为是在放周华健的 CD。这总是让我们很吃惊，一推开门，看见他在那里引吭高歌，完全不是平时细声细气的模样，让人不由得以为白日撞了鬼。James 对自己唱歌很自信，唱歌的时候我们在一旁围观，仿佛在观赏一个稀奇的物件儿，他呢，满脸的眉飞色舞，神气活现。只是，让人受不了的是，一停下来，他立马又恢复了满脸堆笑一脸谦逊的样子，我们刚刚培养出来的敬仰之情马上烟消云散，一群人乌拉拉作鸟兽散。

James 最风光的一段时间是我们学校举办"克隆歌手"比赛的时候，那也是我们最风光的一段时间，激动和骄傲一直在我们的内心激荡。克隆这个词在我们读大学那几年是一个非常时髦的词汇，那时候小羊多利刚刚在举世瞩目中诞生。而我们的"克隆歌手"比赛，在这个理工学科大行其道的学校，很是兴起了一阵子文艺范儿，我们班东拼西凑的八位女生全成了 James 的粉儿和托儿，全不顾他的女朋友惊讶的眼神，在那儿兴奋地起哄。我们一帮男生搞得比 James 本人还紧张，那个时候我们受了他两年的熏陶，已经成了周华健的铁杆粉丝，唱歌必是《朋友》或《真心英雄》，James 这位"克隆"的周华健在我们一路追捧下杀进了决赛。非常可惜的是，决赛时克隆张信哲的那位选手虽然长相很娘，可是粉丝比我们更多，因此 James 只好当了亚军。即便如此，这也足够让我们高兴了很长一段时间。

让人无法相信的是，这位油头粉面的班长还是一名老党员，这一点，就连我们学院的思政老师也花了很长一段时间才能接受。我们也是花了足足两年的时间才鉴定完毕，这位油头粉面、嬉皮笑脸的班长竟然是一个办事靠谱的人。他小心翼翼地周旋在同学们中间，平衡和平复着大家青春躁动的心情。我至今印象深刻的是，班长经常晚上去学院开会，回来的时候我们已经睡着了，他还会跑到我床边把我摇醒，告诉关于奖学金的事情。有奖金拿对于我们来说自然是高兴的事情，他也像我们一样高兴。

毕业的季节到了，学校在最大的礼堂菁菁堂举办了毕业晚会，我们还没意识到那是离别的时候到了，还当作是欣赏一场普通的演出。James 登台唱了一首周华健的《有没有一首歌会让你想起我》，这首歌他在宿舍里关着门偷偷练了很长时间，之前从来没有唱过，是他从周华健的专辑里精心挑选出来的。那个夜晚，舞台上摇曳的灯光照亮了 James，他的头发依然一丝不苟油光可鉴。他的歌声引起了全场的大合唱，整座学校的毕业生都一起演唱这首歌，歌曲一直在礼堂回响：

我们都活在这个城市里面

却为何没有再见面

却只和陌生人擦肩

有没有那么一首歌会让你轻轻跟着和

牵动我们共同过去记忆它不会沉默

有没有那么一首歌会让你心里记着我

让你欢喜也让你忧这么一个我

　　十二年过去了，我们都如浮萍般被生活的风吹散。James 如今在澳洲已经安家，日常最喜欢的事情就是在微信上晒他自己亲手做的美食的照片，仍然是上海人爱吃的样式，手法越来越纯熟。周末的时候，他会带着家人去旅游，也让他的摄影技术有了展现的机会。看着照片上 James 拥着妻子和两个女儿的照片，我的耳边仿佛还在回响周华健歌曲的旋律，我很想对他说一句，我还记得呢。

Ps: 附周华健 《有没有一首歌会让你想起我》 歌词：

灯熄灭了

月亮是寂寞的眼

静静看着谁孤枕难眠

远处传来那首熟悉的歌

那些心声为何那样微弱

很久不见

你现在都还好吗

有没有一首歌会让你想起我

你曾说过你不愿一个人

我们都活在这个城市里面

却为何没有再见面

却只和陌生人擦肩

有没有那么一首歌会让你轻轻跟着和

牵动我们共同过去记忆它不会沉默

有没有那么一首歌会让你心里记着我

让你欢喜也让你忧这么一个我

最真的梦

你现在还记得吗

你如今也是一个有故事的人

天空下着一样冷冷的雨

落在同样的世界昨天已越来越遥远

有没有那么一首歌会让你轻轻跟着和

牵动我们共同过去记忆从未沉默过

有没有那么一首歌会让你心里记着我

让你欢喜也让你忧这么一个我

有没有那么一首歌会让你轻轻跟着和

随着我们生命起伏一起唱的主题歌

有没有那么一首歌会让你突然想起我

让你欢喜也让你忧这么一个我

我现在唱的这首歌若是让你想起了我

涌上来的若是寂寞我想知道为什么

有没有那么一首歌会让你突然想起我

让你欢喜也让你忧这么一个我

我现在唱的这首歌就代表我对你诉说

就算日子匆匆过去我们曾一起走过

我现在唱的这首歌就代表我对你诉说

就算日子匆匆过去我们曾走过

就算日子匆匆过去我们曾走过

走过

上课记 /

离我现在住的地方，向南去大约十公里，就是我的大学母校。这所学校如今更像一座大公园，周日的时候如果阳光好，我还会带着孩子们跑到那里的草坪上嬉戏。如今的南区和新建的东区相比显得有些陈旧，但是这种陈旧倒是有另外一份别致。仰思坪上跑来跑去的都是追逐鸽子的小孩子，身后紧紧跟着的也大都是毕业于这里的年轻家长。我们像当年一样在思源湖边看鸽子从下院楼顶的鸽笼飞进飞出，思源湖畔依然杨柳依依，白色的程及美术馆、褐红色的包图和连成一片的中、下院倒映在湖中，湖水清澈，依稀还能看到我们当年坐在湖边沉思或者散步的身影。

褐红色的上、中、下院教学楼如今因为时间比较久，外立面上不少的地方能看得见风雨侵蚀的痕迹。教学楼建于 20 世纪 80 年代末，徐汇老校区有创校之初建立的"上院"，因此这里新建成的两幢教学楼就分别叫作了中院和下院。其实也很难区别开这两幢建筑，它们都是只有三至四层的矮楼，中间有曲折的回廊把它们连成一片，下雨天一节课上完跑去下一间教室的时候，学生们可以从容行走而不至于淋湿衣服。而两幢教学楼的外墙是深沉的褐红色，和校外鳞次栉比带有玻璃幕墙耀眼的建筑截然不同，显得严肃而又透着雅致。

1998年秋天，刚入学的我们站在阶梯教室门口等待开门进去上课。那时候同学相互之间不是很熟悉，大家友好又矜持地站在回廊下，对"中院"这个奇怪的名称开着不痛不痒的玩笑。一位男生说那是不是跟美国议院的名字有什么关系啊，这样蹩脚的说法换来一阵哄笑，我们笑得很不自然，对面的女生并没有因此而看我们一眼，让我们的愿望落了空。有两位女生牵着手，花蝴蝶一般跑了过来，我们的视线也因此变得不太专注，直到她们跑进一堆叽叽喳喳的女生当中去。

我们很快就适应了学校上课的节奏，也很少再像当初那样傻乎乎地等在教室的门口了——我们往往是头天晚上就跑去占好了座位，第二天只要按时到教室就能从容不迫地坐到前三排的好位子。占座的情况愈演愈烈，常常发生在几个班级同时上课的阶梯教室，后来的同学看到一个空位预备就要坐下去，旁边马上有一位同学礼貌地说，同学，这儿有人。可是他旁边明明只有一张纸，哪里来的人呢？可是并不是你白日见鬼，那张纸的确就代表一位占座的同学，它是从最早的一本教科书一册练习本演变过来的，虽然很奇怪让人不太服气，可是你也只能嘟嘟嚷嚷拿起课本走到后面去。帮忙占座的事情往往由几位"别有居心"的同学去完成，其实他们只想帮某几位心仪的女同学占座，可是保不准这几位女同学还带着几位女朋友，加上占座的男生自己身边还有一帮嘴上不留情的兄弟，所以他们索性一占就占上整整三排的位子。每个班都有这么几位，可是前三排的位子只有那么三排，竞争是避免不了的事情，最后发展的结果就是，几位身手敏捷的兄弟头天晚上就从窗户爬进去，在前三排抢先摊上占座用的笔记本。

中院的阶梯教室有一架钢琴，从我们开学就一直安放在教室前面靠左的角落，每天中午的时候就有一些爱好音乐的同学过来练习。有时候有好几位同时来，于是后面到的就会捧着白瓷的饭盆在一旁边吃边等；有时候甚至来了一个组合，一人弹钢琴，另外一个人吊嗓子，咿咿呀呀地。下午如果有课而我们又到得比较早，就摊开笔记本在这钢琴声中温习功课。有一个女孩子，她来弹钢琴的时候和我们的课正好重叠，因此我们都认识她。有时候她在那儿叮叮咚咚地弹，我们就远远地坐在那儿评点，一曲弹罢还会跟着起哄，喊再来一首，女孩却合上钢琴，冲我们微微一笑，拿上搪瓷饭盆袅袅婷婷地走了。

上课的时候，总有那么几位，坐在前排的位子上，目不转睛地听教授们讲课。他们的笔记记得也好，老师讲的重点全都有，到了期末考试，他们总是排在前几名的位置。大部分的人却并不觉得听课是一件多么有趣的事情，他们中间一般人只是因为这是课业的要求而不情不愿地坐在了教室中间的位子，上课的时候大约有一半时间是在走神，一学期下来课程倒也可以马马虎虎学到大概。而教室后面的位子，班级里最有趣的人都会选择坐在那里。那时候还没有移动互联网，可是教室的后排还是充满着欢乐：这里有看不完的报纸和口口相传的八卦新闻，内容涵盖体育、政治、军事和经济。学校给每个班级都免费订阅了《青年报》，一份报纸不够看，那就拆开来一人一张，最紧俏的时候一张报纸还可以从中缝撕开两个人同时看。反正教授们在讲台上讲得自得其乐唾沫横飞，只有当后排过分嘈杂才能把他们从自己的世界里拖出来，象征性地朝后排的人群放射出威胁的眼神。

上课迟到是免不了的事情，尤其是早上第一节课，上课铃响了同学们一群一群地拎着早饭跑进来。脾气好的教授会笑容可掬地立在那里看着同学们慢慢安静下来，最后关上门转过身开始正式上课。但也有那么几位，看着空空荡荡的教室，坚持要用点名的方式来震慑一下，于是花十五分钟的时间一个名字一个名字地点下去，有好几位同学恰好刚刚跑到门口就被点到名字，一边跑一边喊"到"。点完名字后才赶到的同学，只能忐忑地先上课，课间的时候一窝蜂跑上去央求教授手下留情。大多数的教授都会法外开恩，一边说"下次早点到啊"一边把名字旁边的红钩抹去。不过也有比较难搞的老师，很较真，令学生恨得牙痒痒却无可奈何。

大学里的老师到底还是有趣的居多。我们有两门专业课，同时在一个上午上课，这两位教授据说互相不买账，一位老师觉得另外一位老师死板学究，另外一位觉得这一位世故圆滑，课间交接的时候只是勉强互相点头算是打个招呼。同学们都很好奇他俩的过节，但到毕业也没了解到个子丑寅卯。这两位老师上课其实都很受大家的欢迎，"死板学究"的那位在国际上都有很高的声誉，讲的内容远远超出课本的内容，渊博的知识让大家受益匪浅；"世故圆滑"的那位据说不太专注于学术，却能和学生打成一片，把一门简单的课程讲得绘声绘色精彩非凡。我们一边欣赏他们给我们上的课，一边欣赏他们之间的暗战，倒也十分有趣。这两位老师在期末考试的时候，却一反唱反调的常态，都给我们打了很好的分数，让大家那年过年都很开心。

　　教授们期末的时候给学生打出分数，学生也会给老师们一个评定，这是交大历来的规矩。我们在校的那几年，有一位老师，受到了几乎全校学生的追捧，那就是教军事理论的孙大校。他并不是学校的专任教授，拥有大校军衔据说是真的。军事理论课两个星期才上一次，总是令人期待。孙大校很魁梧，花白的头发，讲课的时候很精神，声音洪亮语气坚定，很有军人气质。但他的课一点儿也不刻板，内容真是包罗万象。他对各大战役了如指掌，对每个国家的军事策略如数家珍，讲的时候又很风趣，旁征博引，不要说我们这些弱冠男儿，即使是女生们也被他迷倒了。他的课现在想来，真像是一场关于军事的脱口秀。孙大校在课上既着重于激起我们的爱国热情又不至于盲目狂热，说得深入浅出有理有据。比如有一次，他对比中美两国的导弹实力，他说美国的导弹头有几千枚，而中国的只有一百多枚。同学们一片唏嘘。孙大校停一下，说，导弹头的问题是有没有的问题，真打起仗来准头才是关键，跟多少没有太大的关系。一番话说完，同学们哄堂大笑，热烈鼓掌，当时的情景至今我都还记得。

理工科的教授几乎无一例外，讲课认真的多风趣的少，反倒是几门人文学科的课程让大家格外难忘。我记得大二开始，所有的学生都要上"邓小平理论"这门课。从小到大，政治课都是枯燥有余趣味不足的，然而为我们上"邓小平理论"的教授却让我们大开眼界。这位老师我如今忘了他的姓名了，当时大约四十多岁的年纪，大脑门锃亮，有些谢顶，穿着比较随意，整个的外形像极了已故作家王小波的那张著名肖像。现在想来，他大概是政治意义上的"右派"，知识相当丰富，没有一堂课是照着书上讲的，但是又从来不会离开书本上的大纲。讲课的时候，他松松垮垮地站在教室前面，随手从裤子的口袋里摸出来一张纸条就开始讲，他的特色是冷幽默，与现行政治体系保持一段距离但又不刻意冒犯。纸条上大概是一些案例或者理论点，一张小纸条能讲半小时，半小时讲完，随手从另外一个口袋摸出来又一张纸条，一个新的话题又开始了。这位老师到期末的时候宣布考试全部开卷，他认为政治理论的学习根本无须死记硬背，对着课本抄一抄反而能增强我们的记忆。这门课程是如此有趣，让一堂政治课也无人缺席，这位教授所拥有的扎实功底令人自叹不如。他一直对学生不冷不热，然而学生们都很喜欢他，只是可惜的是，到课程结束我们都没有人和他说上一句话。他就这样带着一堆纸条来，下课了合上书径自离去。

时光总是在你不经意的时候就悄悄溜走了。那时候我们往返在教学楼之间，只觉得时间过得太慢，考试临近是那么烦人。晚上的时候，我们也会夹上课本外加几本闲书跑到教室去自习，到了考试前一两个星期，自习教室全坐满了废寝忘食的同学。对未来我们满怀好奇，对今天学到的知识却充满着疑问，不知道对将来有什么用处。晚上自习累了的时候，我会爬到教学楼的顶楼上去，吹着微风倚着栏杆久久地仰望满天星辰。脚下踩着教学楼的阶梯，感觉实实在在，憧憬未来的心也变得格外踏实。

如今再去学校的时候，却再也没有进到教学楼里面看看，那里似乎承载着我们一个高不可攀的梦，我很害怕现在的平凡生活和芜杂心绪会冒犯到那个梦想的尊严。于是我远远地站在思源湖边，看中院下院里的年轻的学弟学妹们来来往往。杨柳轻抚着湖面，也拂动着我的心。恍惚间，我又走在了他们的中间，相互簇拥着向下一堂课的教室走去。

/ 如果这都不是爱情

在澳洲的班长要求说，你写写大学期间的爱情吧。这可真是让我为了难。在我们这样一所理工学校，男女比例如此失调，和谐浪漫的爱情可遇不可求，根本就是一个有没有的问题。

1998年秋天开学，一车又一车的新生从机场、火车站、汽车站被接到了学校报到。接新生的汽车在体育馆前停下，陪伴新生来的家长欣喜地发现，前来迎接的人群实在太热情了。车门一打开，验明正身，手中的行李就被热情的师兄们接了过去。他们不仅会带着你一个一个摊位地办完所有报到注册的手续，如果你恰好是一位女生的话，他们甚至还会殷勤地帮你把行李送到所在的宿舍去。这种热情往往让小师妹们觉得十分心虚，简直让人联想到那种过分殷勤的人贩子。热情背后隐藏的秘密直到第二年下一届的新生报到的时候才会被揭开，不过即使如此，大家还是相互心照不宣，把这个不能说的秘密保持下去，更加热情地扑向在体育馆门口停下的每一辆汽车。刚开学就发生的这一幕恰好印证了交大僧多粥少的现实。当师兄们毫无羞耻地把手伸向同班女生的时候，我们所能做的就是蹲在一边观望，然后用一种不无酸涩的口气诅咒他们是失散多年的兄妹。可是转眼到了第二年，我们就无比踊跃地报名做了接新生的志愿者，然后腆着脸把小师妹的行李搬到宿舍去。

那时候我们有一位师姐，她是几乎整个学院男生心目中的女神，人长得漂亮，和每个人说话都是一脸甜美的笑容，简直要把人给融化掉。我们一直在猜测谁会成为她心仪的那一位，大概是因为一种害怕被拒绝的心情吧，大家都跃跃欲试却最终没有人付诸行动。她常常一个人在思源湖边温习课本，我们居心叵测地绕了很远的路从她旁边过去，她偶尔会从书本中抬起头发现我们，总是对我们点头微笑一下。她读的是英语，据说她已经在攻读专业八级，那时候我们都在为过四六级而挣扎，八级在我们看来简直有些高不可攀，非常符合女神师姐在我们心目中的地位，因此看她的眼神不知不觉又多了一份崇拜。终于有一天，她在图书馆看书的时候，旁边多了一位我们都不认识的男生。这位男生每周六都会来，据说是同城另外一所高校的学生，也是女神师姐的高中同学。大家长舒了一口气，这桩心事总算是可以放下了。他们两位每个周六都会在一起学习，阳光好的时候还会一起在思源湖边上散步，散步的时候据说是用英语交谈。毕业的时候，那位师姐如愿以偿去了美国，只是不知道他俩是不是在一起。

爱情迟迟不来，让人不甘心但也只能继续等待。在这所男女比例7：1的学校，这是一个普遍现象，也不用不好意思。那时候食堂门口经常停着几辆广告车，发放一些免费的鼠标垫鼓励大家上网，大幅的广告上写着"今天你有否亿唐"？所有的网络公司都在拼命地普及电子邮箱。当时痞子蔡的电影《第一次的亲密接触》才刚刚上映，我们每个男同学女同学都跑去注册了一个类似"轻舞飞扬"的文艺范儿四射的网名，可是还根本不知道怎么相互联系呢。比较可靠的还是电话，那时候我们在深夜熄灯之后就会用"301"卡拨本班女生宿舍的电话。也没有什么固定的话题，很多时候是几个人轮换着说，大家故作镇定地拣一些自认为有趣的话来讲。如果恰好换上来的这两位本来就有些意思（真的是恰好吗），因为是电话，而且黑暗中也不会有人发现你脸红，大家就可以相互试探一下，讲一两句模棱两可的话，看对方是不是会接茬儿。

　　1998那年的年末，狮子座流星雨如期而至。那是我们成为自由的年轻人之后（相比高中而言吧）第一场流星雨，仿佛昭示着一场浪漫的约会，学校甚至为看流星雨的同学开放了大操场。那时候整个年级已经朦朦胧胧的有了好几对了，其余大部分的人都在寻觅之中。不过想象一下，可以容纳几千人的操场上，人山人海地坐满了居心叵测的年轻人，大家拼命地用蹩脚的友谊来掩盖爱情的冲动，那会是多么乱哄哄的一个场面。所以，对着流星雨许愿这种事，还是不要盲目跟进了，我于是跑到学校外的亲戚家过了一夜，掩盖了我可能在流星雨到来之时会产生的失望和彷徨。亲戚刚刚大学毕业一年，下班回来，表示对流星雨即将出现一无所知，而且，他告诉我，他们办公室也没有人在谈论这件事情。他的回答让我有些失望。原来，我们这么看重的一件事情，对外面的世界而言是如此微不足道。决定不看流星雨是我大学期间做过的最坚决的一件事情，我也不清楚那时怎么如此决绝，大概是害怕被还没到来的爱情嘲笑吧。

有时候我们晚自习回来经过女生宿舍楼下，那里灯光昏暗，几对恋人在黑黢黢的树影里依依不舍。在我们的想象中，那儿可能有拥抱，有轻吻，有喃喃细语。甚至我们还会想象女生细软的腰肢，还有两鬓飘出的温暖气息。这让我们尤其无法忍受，路过的时候一定要留下重重的脚步声，偶尔还会把停在路旁的自行车绊倒，恋人们终于被惊醒，纷纷挥手再见。当然，这所学校里面最好的恋爱场所还是夜幕下的思源湖边，那里柳树依依，一对对恋人依偎在湖边的木椅上，对着月光，对着波光粼粼的湖面，许下一个个诺言。那些柳树都不好意思继续偷听下去，把头埋得更低了。

大多数的恋人每天都会像老夫老妻一样一起去食堂打饭，一起坐下来吃，然后男生就会很自觉地把印着学校和年级标志的搪瓷盆拿去洗掉，准备下一顿饭还一起吃。他们一起泡图书馆，坐在一楼阅览室宽大的桌子两边，他们可能一整天都泡在那里，中间免不了偷偷地互相瞟几眼，偶尔眼神相遇，女生多数会不好意思地在桌子底下踢一脚掩饰自己的尴尬。晚上他们会一对一对约好去自修教室，后到的那位装作满不在乎地坐在先到那一位的旁边，其实两只手立马就在桌子底下悄悄地握在了一起。寒暑假是恋人们分别的日子，那时候都没有手机，家里电话是不敢打的，假期也就显得尤其漫长和坐立不安，到了开学的时间就迫不及待地跑回学校去。

龙应台在她的《野火集》中说20世纪80年代的台湾大学生，"大学四年之中，只有两件值得关心的事：一是把朋友交好，以后有结婚的对象；一是把功课读好，将来有满意的出路"。她这样的批评其实是一种似是而非的认识。我也的确见过一对恋人，他们在一起的目的就是为了优势互补，他们有着我根本无法理解的早熟，为一个个目的结伴厮杀。但是我又想，每个人在弱冠之年如果不曾憧憬一场浪漫的爱情，那是多么不可思议的事情。年轻男女在校园中行走，装作漠不关心，眼角却在相互射出探询的光来。而在我们这样一所理工科学校，女生自然而然地流露出骄傲来，男生则心甘情愿做女王身边的男仆。那时候大家都很简单，一起吃份土豆丝就觉得十分甜蜜，我们还来不及思考社会上的那些事，那些事还离我们很远很远。

大学里的爱情之花注定唯美而又脆弱，就像是镜中月水中花，根本就经不起社会的摧残，大多数的同窗爱情毕业之后就无疾而终了。但我仍然坚持认为那是最最美好的回忆。如果这都不是爱情，那么什么是呢？年轻的心在荷尔蒙的驱使下相互吸引，这恰恰是最美好的东西，至今想起那时候的许多事情都能让我们面红耳赤心跳不已呢。

月光宝盒 /

　　辉仔是个很爽朗的人。开始的时候他住在我们宿舍隔壁，后来换到对面，搬到北区之后，我们班男生宿舍连成一排，我住在南头，他住在最北边的那一间。可是不管相隔多远，楼道里总能听到他那很有特色的爽朗的笑声：哈（四声）哈（二声）哈（二声）哈（二声）！笑声延绵不绝，如果不是亲见，你很难把这样畅快的笑声和他那张憨厚的脸联系在一起。

　　辉仔是山东人，身材如你所料地高大，脸上从来都挂着憨厚的笑容。班级活动的时候，他属于绝对的跟随分子，不大会站到台前来，但是在需要帮忙搬桌椅的时候，他总是会第一个走过来，帮一把手。遇到集体运动，比如足球，他总是很负责任地担任着后卫的重任，让你在前方冲刺的时候很放心后面的安全。他是近视眼，平时说话喜欢眯缝着眼睛，戴的眼镜也是黑框的，多少显得有些沉闷。在足球场上损失两副眼镜之后，他痛定思痛，踢球之前一定小心翼翼地戴好隐形眼镜。换眼镜的那天我正好去他们宿舍闲逛，他一个人在，作为一个彪形大汉，对于换上细小的隐形眼镜这件事情，他多少显得有些力不从心。换好后，眨巴着快眯成一条缝的眼睛，冲我大乐：

戴隐形眼镜踢球，很爽的哦！哈哈哈哈！

这么小的一点儿快乐就足以让这个山东汉子开怀大笑，故作放荡的笑声背后，还是带着一股子憨厚的劲儿。我和他很少来往，对他最早的印象是大二的时候一起从一楼拉电线到四楼熬夜看日剧《麻辣教师》，学校保安顺着电线把我们一群人抓了现行，无法妥协，要求我们必须有两个人去学校保卫科认错记过，辉仔第一个站出来，一声不吭跟保安走了。这件事情给我留下了很深的印象。后来我们要交一份编程的作业，我经过他们宿舍，看见辉仔硕大的身躯坐在电脑屏幕前，一副愁眉苦脸的样子，于是走进去帮他调试了一下。他憨厚的脸简直要笑出花儿来。

有一次，星期天的下午，辉仔踢完球回来，神神秘秘地跑到我们宿舍找我，说一起去看电影。

我们学校的图书馆，是香港富豪包玉刚父子捐赠的，贴着褐红色瓷砖的外墙，坐落在思源湖的旁边，非常漂亮。大多数的时候，我们都是在一楼阅览室活动，偶尔有需要才会去二楼和三楼借阅一些专业书籍。那些书摆在灰黑色的架子上，总给人一种灰扑扑的感觉，让人无法久留。所以，楼上我基本上很少去。而这座图书馆的五楼，则是别有洞天，是学校的影音播放室和小小的演讲厅。辉仔和我一起去的地方，是在这所学校被称作"二人一机"的录像厅，几张长长的大桌子被分割出了一个一个独立的空间，两副耳机一台录像机就是这里的基本配置。这里常常是情侣们打发时间增进感情的好地方，可是在我们这所学校，情侣少得可怜，而且不见得谈恋爱的人都喜欢看电影，因此推开门进去，人头攒动，两个大老爷们一起看的比比皆是。

这里真是一个快乐的所在，五块钱一部电影，耳机一戴，找一个舒适的坐姿，一待就是一下午或者一晚上。辉仔对电影很了解，尤其是港台的片子，如数家珍。港台的电影，在 20 世纪八九十年代绝对是一个巅峰。林青霞版的东方不败，李连杰版的黄飞鸿，成龙的《警察故事》，还有大量的《古惑仔》系列，至今都很难超越。大陆的电影我们也看，可是要不是拍得太弘扬主流价值观就是很做作的文艺范儿，犹如一盘做砸了的炸鸡翅，看起来样子马马虎虎，吃起来才知道火候把握得不好，没办法做到人家大厨那样的外焦里嫩。港台电影不同，搞笑就是搞笑，警匪就是警匪，流氓就是流氓，味道纯正绝不混搭。我们俩有时候看完出来天已经黑了，一路上讨论刚刚看过的电影，最后不无遗憾地一致认为，要是这些电影换成在大陆拍，场景更开阔那就更好了。

如果说这些电影里面有我和辉仔都觉得特别好甚至下次还会花五块钱反复看的，那就只有周星驰的电影了。

我们在 2000 年左右开始看周星驰电影的时候，他已经开始走下坡路了，正在完成从演员到导演的转型。那部《喜剧之王》捧红了刚出道的张柏芝，然而整部片子并没有得到我们的认可，我们最爱的还是"无厘头"时期的周星驰，比如他演的《逃学威龙》系列和《鹿鼎记》里的韦小宝。1990 年以后，1997 年以前的周星驰，他电影里所演的角色都是小人物，然而却借助一切不可能的机会变得无所不能。他演过冒牌的"专家"，他演过权势小得可怜的"芝麻官"，当然还有衣衫褴褛的"济公"和"苏乞儿"，他演每一种在底层挣扎却无可奈何的角色，在原本应该"悲情"的世界里创造出一场"喜剧"的狂欢。所谓"无厘头"的喜剧方式，让剧情在不合理中水到渠成，让人一边看一边笑一边为小人物的善良和智慧所感动。这样的喜剧，前无古人后无来者。周星驰和吴孟达以及陈百祥的合作堪称天作之合，相得益彰，让所有后来拍出来的"喜剧"都成了"搞笑片"。

　　《大话西游》则堪称周星驰"无厘头"式表演方式的巅峰之作。芦苇丛中，从天上偷跑出来的紫霞仙子立在船头，屏幕之外的我们都能感受到温暖的阳光下微风拂面的自由感觉。当我们都以为这会是一部古装武侠的正剧的时候，天上的神仙，洞里的妖怪，以及天地之间来来往往说不清道不明的三教九流的人们，活活地把这部电影变成了一场"无厘头"。至尊宝和孙悟空的身份一直在反复变化着，象征着我们每个人身上的无所不能和有所不能。在这样一部"无厘头"的电影里，我们看到了正剧都不能表现出来的凄美的爱情，"一万年"的承诺和"一滴眼泪"的深情都是那么真实。

我非常感谢辉仔把我带进了周星驰的电影世界，他痴迷周星驰之深，连自己的笑声都改作了周星驰式的"哈哈哈哈"。《大话西游》看完的那天傍晚，我走出包图，杏黄色的夕阳照在思源湖平静的湖面上，让我无比期待一位"紫霞仙子"一样的姑娘乘着小舟迎面而来。辉仔后来在宿舍里反复学至尊宝表白"一万年"以及《唐伯虎》里师爷喷血的场景，学得惟妙惟肖，围观的同学无不笑得人仰马翻。那个场景也终于成了我们大学时代的一个永远都难忘的瞬间。

毕业之后我再也没有看过那么多的电影了。2005 年周星驰应邀到北大演讲，在电视上我看到周星驰说，他也不太明白为什么中国的大学生那么迷《大话西游》这部电影，实际上这部电影在香港上映的时候并没有特别的好评。周星驰没有一丝笑容的脸上透露着诚恳，让我一口水差点喷到电视机上去。主持人原本是个"喜剧"式的提问，却得到了星爷一个"无厘头"式的回答。感受这种东西，你有就有，没有就没有，原本就是不可以强求的东西。周星驰自然知道主持人可能根本就不明白这个道理，所以也懒得解释了。

2004 年我们班同学聚会，正值周星驰导演的《功夫》上映，吃完饭后辉仔就吆喝大家一起去看电影。在新华路上的上海影城，我们十来个同学一起看《功夫》，电影票也涨到六十块了。

辉仔还是一脸憨厚的样子，买好票请大家一起看。在小小的放映厅里，久违了的周星驰和他的"无厘头"让我们笑得前仰后合，辉仔特色的"哈哈哈哈"的大笑声一如既往，让人仿佛感觉又回到了"二人一机"的日子。

一起看《功夫》之后，虽然大家都在上海，却没有再见面。生活中的琐事让我们都忙忙碌碌，偶尔才在微博和微信上相互问候一下。2013年《西游降魔篇》上映了，我坐在电影院里，听着观众们为"空虚公子"献出的此起彼伏的笑声，不禁觉得有些悲哀。周星驰在这部电影里想要讲的故事其实在开头的十五分钟就已经讲完了，捕杀怪鱼的那一场戏是一个隐喻，村民对降魔人的态度左右摇摆前倨后恭何尝不是我们对待生活的态度。然而这就像周星驰回答主持人的那件事一样，感受这种东西，你有就有，没有就没有，原本就是不可以强求的东西。我坐在那里，看着丑陋的孙悟空被如来神掌压在山下，不禁想起辉仔来，如果他也在看这部电影，不知道他是否也有同样的感受。

时间总是无动于衷地流逝，以前那些美好的东西有些已经淡忘了，剩余的一点点也足够让我们回味无穷。我有时候会幻想拥有一个如同《大话西游》里面的那个月光宝盒，当我不满意现在所处的环境的时候，念一句咒语，天光乍现，我就可以回到过去，像至尊宝一样，在生活的盘丝洞里加快步伐，一拳打倒挡路的小妖，奔向我想要留住的那个幸福瞬间。

后记：

　　辉仔所发出的那个很有周星驰特色的笑声"哈哈哈哈"，其实是石班瑜为周星驰做的配音。

　　石班瑜为台湾资深男配音演员，本名石仁茂，绰号石斑鱼。祖籍广西壮族自治区临桂县。1983 年开始从事配音工作，早期默默无名，甚至被业内同行取笑为太监声，但是为周星驰配音后而咸鱼翻身。

/ 社团纪事

　　我有时候在想，有些人之所以如此自信，大概是和他拥有某种远大的理想相关。人在小的时候，尽管多少显得有些无知，可是总能不囿于常规不慑于权威锲而不舍地追求某些事物。作为一个小孩子，天有多高，理想就有多高。我细数过自己曾经的理想，要么是严肃而又智慧无穷的科学家，要么是纵横江湖为民除害的大侠士，家里厅堂上方摆着的马恩列斯和毛主席的画像又曾经让我梦想成为可以决断千里的政治家……几乎无一例外，小孩子所拥有的理想，都是那么亮闪闪的，就像他们所拥有的亮闪闪的眼睛一样。

　　每一所大学都为这样自命不凡的学生提供舞台。1998 年秋天，我们这些新生最喜欢做的事情，就是手拿着搪瓷饭盆，一边吃一边在南区食堂对面的布告栏前围观各种社团招新的告示。就像电影《致青春》中的场景，每一个社团的工作人员都使出了浑身解数，力争让某个或某些围观的新生眼前一亮。我们这所学校奇人异士不少，招新的广告词自然无所不用其极，招贤纳士的渴望隐藏在或诙谐或文艺或冷酷或温暖感人的语句后面。

我去过书法协会的招新现场，在中院的一间教室里头，第一排的位子一字排开上届会员的作品，或行或草或楷或隶，一笔一画都彰显着这个社团的强劲实力。还有现场表演，只见一位同学眉头略皱，手握一管狼毫，旁边另有两位同学帮他铺开宣纸，他一个深呼吸，手下运笔如有神，写出来的字简直和字帖没有什么分别，即刻把我们震在当场，立马报名，梦想成为跟他一样的大书法家。然而我的书法梦想很快就做不下去了。书法这种东西，总归是要有师傅领进门的，我曾经试图让一位师姐领领我，可是她进了我们宿舍门两次之后就没有再来。我又十分自豪地拿着笔墨纸砚跑到自习教室去对着字帖练习，四周自习的同学投来的如同看马戏一样的眼神又深深地伤害了我。终于有一天，一位同学跑过来借我的毛笔当洗鞋子的刷子，我愣了一下糊里糊涂地居然同意了，从此再也没有沾过书法的边。

第二年，我站在瑟瑟的秋风中看下一届的新生又像我们去年一样，站在南区食堂对面的布告栏前如痴如醉，我不禁替他们感到有些着急。我自命不凡的本性一点都没有因为做一个书法家梦想的破灭而被磨灭，我开始热切地希望通过学生会的选举来实现我的政治梦想。那时候我有一位梦想做希拉里的女朋友，还有一位好得如胶似漆的兄弟，他们的鼓励和督促让我心头燃起了熊熊的欲望之火。我们这个竞选班子十分高效地运转起来，文笔好的兄弟负责我的竞选演讲稿，女朋友则模拟观众帮我一遍一遍改正演讲过程当中的错漏。我们三个人分头串联，一时之间，本院同学中的老乡、好友、共同兴趣爱好者全部被发动起来。我至今还记得我一次一次跑到师兄师姐宿舍去拉选票的情景，场面十分感人，我列出五项理由表示自己肯定能让下届学生会变得与众不同，师兄师姐一边在洗着饭盆，一边对我频频点头称是。

我忘了那一次是和谁一起去下一届同学的宿舍去做宣传，小师妹们听得大概有些热血沸腾，其中一位头脑一热就提出让我们帮她一个忙。她从床底下拖出一个电风扇，希望我能在当上学生会主席之前先修好它。在潜在的选票面前，我尽管内心有些挣扎，还是坚强地蹲了下去，认认真真里里外外地帮她检查起这个要命的电风扇来。可惜我终究不是电工专家，那台电风扇直到我逃离那个宿舍仍然没能转动起来。这件事情给了我一个很重要的启示，作为候选人，拉票绝对不是动动嘴皮子那么简单。所以后来每次在新闻上看到美国总统选举的盛况的时候，我都发自内心深深地同情那两位候选人：他们得多么辛苦地去帮助那些选民啊，哪怕满脸的真诚是装出来的，那也是百炼之钢啊。

竞选投票被安排在某天晚上。下午的时候我有些激动难耐，跑去理发室剪了个新发型。学校理发室里的理发师手艺和传说中一样不好，我的头发成了倒霉的试验品，右边的头发过长，而左边居然还露出青色的头皮。这让我非常难堪，向演讲的教室走去的时候想死的心都有了。就在上场前五分钟，我坐在旁边被用作候选人休息室的教室里头，痛苦地揪着我那被理坏了的头发做了一个重大的决定，我决定要以这样的句子开始我的演讲：同学们，我希望做一个有个性的候选人，就像我这很有个性的发型一样。在这句话引起的哄堂大笑中，我彻底偏离了我的讲稿。作为一个有些内向的人，选择这样自嘲的方式开始一个当年看起来无比重要的演讲，我至今想起来都觉得不可思议，而我也没有想到，我在那几分钟揪着头发艰难的挣扎中学到的东西比大学期间所有时候学到的东西都要多。

很多人在毕业之后回想起大学生活时，对学生会总有些嗤之以鼻。然而我每次想起，仍然觉得很自豪，一个年轻人想以自己的方式实现理想，多么难能可贵！那是功利社会在大学投射的一个影子，但是却比后者纯洁得多。我曾经成为一位师兄的团队成员，和其他几位同学一起帮他竞选校学生会主席。这位姓杨的师兄，用现在的话来说就是一位"男神"，高大帅气，谈吐不凡。我负责他的演讲稿，我们一起揣测听众心理，字斟句酌。我们一起策划宣传资料发放的方式，计划如何吸引更多的同学为他投票。那个时候大家一无所有，我们一起从其他同学那里借来了两套西装，一套深色的，一套浅色的。杨姓师兄为此在狭窄的宿舍里穿脱好几次，让我们评判哪一套更加合适，他穿上西装有些拘谨，一边转动身体一边用征询的眼神看着我们。我们是一个人数比较少的学院，这位师兄最终不出所料铩羽而归。然而至今想起，我都能回想起在逼仄的宿舍里一群年轻人紧张忙碌地出谋划策那种扑面而来的书生意气挥斥方遒。那是一次不可多得的人生经历，恐怕再也不会有了。

我们那届学生会忠实地执行了我们在竞选之前许诺的各个活动。记得其中有一项是要办一个校级的读书节，学校《家》报社的主编，也是我的好朋友，帮我协调了"秋水书社"的图书资源。他有一副矮矮但是很壮实的身材，帮我把一捆捆图书搬到黄鱼车上去。为了感谢他和"秋水书社"，我们把那届读书节命名为"秋水读书节"，拉了很大的横幅张挂在南区食堂布告栏前。后来恰逢中国图书进出口公司有一批库存书籍，这事儿被一位同学知道了告诉我，我们连忙跑过去和他们谈判，拉到"铁生馆"去免费展览了半个月。学生会没有经费，举办这些活动都是靠同学们自动自发，那种白手起家办成一件事情的经历真是弥足珍贵。

然而书生意气挥斥方遒的日子如此短暂，毕业了大家还是各奔东西，我们还是有很多无法抗拒的东西。2003年的某一个寻常的下午，我坐一号线地铁在人民广场站换乘二号线，在楼梯的转角处突然遇到了那位杨姓师兄。他单肩挎着一个普通的电脑包，穿着单薄的衬衣，像是要换乘一号线去某地办事。毕业两年，他白净的面孔多了些许的疲惫，胡须也没有刮干净，一看就知道他早上是匆匆忙忙赶着上班。突然见面让大家都很惊喜，可是只来得及寒暄几句就被人潮冲散了。我在二号线等下一班车，看着他在拥挤的人群中忽隐忽现不停地回头，最后消失在了去往一号线的方向，不禁有些失落。

我们连手机号码都没有来得及互相告知就不得不在人海中分开。我不知道杨师兄还记不记得那些日子，那些我们四五个人一起冲击目标的日子，还有，他羞涩但勇敢地走向演讲台的模样。

/ 沙漠中的仙人掌

　　我一直都认为，思源湖才是交大的精髓所在。这个几百米见方的湖由人工挖掘而成，挖出的泥土就堆在旁边，堆成一座小山。这也是整个校园内唯一的一座山，我依稀记得山顶有一座亭子，可是却从来没有去过那里。那里通常都是人迹罕至，亭子周围的荆棘疯长，连插脚的地方都没有，可以说那里近乎是一座荒园。

　　然而即便如此贫瘠，思源湖仍然是一个值得流连的所在。捧书晨读的女生，喃喃细语的恋人，埋首静坐或者踱步的思想者，比比皆是。这湖虽是人工开掘，由于管理得当，源头活水延绵而来，因此倒也显得十分清澈。我们经常在课间的时候，站在随风飘荡的柳树下，看附近的农民在湖边采集螺蛳。那些螺蛳依附在湖岸上，需要用些力气才能采下来，然后被卖到校门口的小餐馆里，做成美味的炒螺，然后供打牙祭的学生们消费。

我记得那些采螺蛳的人是乘着一叶小舟而来，小舟和船上全副武装的人一样笨拙。但是又觉得这个记忆似乎不太靠谱，泛舟湖上这种事和交大这样一个地方总有些格格不入。这里仿佛是一片文化沙漠，就算是长出一抹绿色来，大概也只能是坚强的仙人掌。这仙人掌只可远观，如果你胆敢凑上去想要赏玩一番，恐怕是要被扎破手流出血来。

所以，当听说交大还有一家诗社的时候，我仿佛成了那些在沙漠里迷了路的人，突然看到一株仙人掌。那仙人掌突兀地立在风沙当中，一抹绿色站在那里令人无法相信，非得揉一揉眼睛才能看真切，确定那真的不是海市蜃楼。这家诗社的第二任社长，也是我们的师兄，就是那位种下这株仙人掌的韩兄。

韩兄的诗名在我们刚入校的时候就听说了，据说他敢说敢写，是一位文胆式的人物。然而我认识他，却是在党团员活动中，他作为"邓研会"的会长作报告。让我十分诧异的是，据说连睡觉吃饭都在作诗的这位韩兄，居然也同时是一位党性十足的人物。他面对我们这些师弟师妹，口若悬河地谈论党的历史和若干理论，实在让人无法把眼前的他和诗人的身份联系起来。

然而他的确是一位诗人。据说他领导的诗社经常在思源湖边聚会，大声朗诵自己的诗作，那一定是一个令人惊艳的场面，让人如同在迷路的沙漠里看见一株娇艳的仙人掌。韩兄本人写诗，旧体诗和新诗并举，并无偏废。我和他的合作始于院刊《握澜》

的编写。那时候我从他手里接过院刊的工作，完全没有头绪，后来经他指点和引荐我找到了学院里几位写作好手，这才把它编了起来。在这本标记为 1999 年第一期的《握澜》里，韩兄以笔名"平原"发表了旧体诗和新诗各一首。我在"编者按"里面说，"读平原之诗，常为之感怀"。这是实话，因为在交大那样的环境里，还能有这样的人一起读诗作诗，那真是一件稀罕的事情。为了使他的诗作不要显得过于孤单，我也写了两首新诗附在同一版，算是跟他的一次隔空唱和。

韩兄在他那首新诗《另一种心情》的末段说：

许多好朋友都曾为我捧场
可他们却从未来过第二次
也许我已被遗忘
也许已成为不可企及

这样落寞的心情，现在的我也经常有。这就像是你选择了走一条和别人不一样的路，这路上无论有鲜花还是荆棘，你都在费力而勇敢地走着。旁边偶尔会邂逅朋友们的掌声和喝彩，然而他们终于失去了持续为你喝彩的耐心，渐渐就不再出现了。韩兄当年一身正气，但同时又一身文气，二者杂糅在一起，周围的人感受到的是某种错乱，因此他的郁郁不得志是可以想象的。然而即便如此，他却总能保持快乐高昂的心情，就像他在《握澜》里的那首《水调歌头》的下阕：

邀学友

对浊酒

逛诗国

东坡和我诗句

浩气震干戈

目睹春秋霜剑

耳谛战国雄策

风雨又滂沱

疑是乾坤裂

声涌入江河

从这样的诗句当中，韩兄一身文气傲然而立的姿态跃然纸上。因此，韩兄在当年那样的环境当中多少显得有些另类，偶尔会要承受别人不一样的眼光，尤为可惜。他就像是一位在沙漠里栽种仙人掌的人，虽然他坚持为那些迷路的人演示如何剥开仙人掌充饥，然而路人看着仙人掌满身的刺，终于摇摇头走了，只剩下韩兄对着满地的失落，但他总是又重新站起来，豪气干云。

彼时的交大，除了校方刊印的官方报纸以外，还有两份学生刊物，一份是《益友》报，另外一份是《家》报。1998年秋我们入学的时候，《益友》报每期能够印上千份，俨然是一份大报。

我们宿舍一位室友报名做了《益友》的记者，他告诉我这个报社组织严明，有严格的采编程序。《益友》主办方是校团委，经费充足，所使用的纸张和《文汇报》这样的大报一样，给的稿费规格也是很高的。我犹豫了一下，决定与其做凤尾不如做鸡头，转身投了弱小的《家》报社。

回想起来，这几乎是我做过的最为有决断力的一次决定，也是最接近为理想而战的一个决定。《家》报社当时挂靠在社工委下面，为刚刚兴起的校园社区化服务是它的应有之义。但是《家》报社有两位很了不起的主编刘媛和吕欧，刘媛编报的方式是细心，而吕欧则是大胆。因为《益友》势大，编辑又严谨，总能及时地跟上形势。吕欧和我商量，要做出差异化，因此由我任责任编辑在《家》开创了"文艺版"。

我以"郭大路"为笔名在"创版词"中说：

> ……我们所需要的是贴近生活的东西，是大家在一起谈谈——夏日杨柳青草河畔，冬日红泥小火炉旁，很有气氛，不是自言自语，也不会无人喝彩。

这样的文艺理想在校园里多少显得有些突兀，1999 年 5 月总第 7 期的这份《家》报张贴在南区食堂门口的橱窗里，我的那份"创版词"杵在那里很长时间，中午吃饭的时候我都是捧着搪瓷盆匆匆而过，脸红得不敢看它，仿佛那里被斩首示众的是我的文艺理想。那时候王小波去世才两年时间，他的作品重新被人捡起来出版，我们长久地停留在学校图书馆大厅的书摊边上，如饥似渴地读他的小说，读他的杂文。因为囊中羞涩，我只买过他的一本杂文集《一只特立独行的猪》（又名《我的精神家园》），而"时代三部曲"则是在书摊边上站着读完的，直到工作之后才买齐他的书收藏。我喜欢他的杂文中令人灼目的文采，那些句子没有任何范式，但是读来令人痛快淋漓。我尝试着在《家》报"文艺版"模仿王小波的方式写一些时评杂文，比如谴责北约轰炸中国大使馆的《羊肉铺子》，如今看来，模仿的痕迹十分明显，一副小孩说大人话的腔调，但我丝毫都不感到后悔和羞涩。

我如今也忘了"文艺版"编到第几期就停掉了，停掉的原因大概是因为学业繁忙或者别的什么事。这次尝试终告失败，主编吕欧却一直保持着旺盛的改变的劲头，他矮矮壮壮的身材，总是显得孔武有力。报纸从学校印刷厂里运出来（当时这件事通常交给我的一位师兄兰青松负责），我们分头发放到各楼宿舍里去，同时和每个楼的管理员阿姨攀谈套近乎，希望她不要把报纸当废品卖掉。有的时候，我们也会趁着午饭的时候，所有的编辑记者一起站在学校最繁忙的路口，向来往的同学发放我们的报纸。吕欧抱着一大摞，一边朝同学们怀里塞，一边回头朝我们坏笑，那一刻我们都成了兜售文艺的小贩了。

林清玄在他的散文里说，"曾经的日子云淡风轻"。所有的这些曾经刻骨铭心的场景如今再也没有了，大三的时候，我做了一期副主编之后就和吕欧他们分开了，一起努力奋斗的日子随风而去。现在我不知道《家》报有没有继续编下去，我想，现在的学生估计人手一只手机，电脑也很普遍，他们大概不会再有空闲，像我们当年那样一边捧着搪瓷盆吃饭一边仰着脖子在宣传栏前看报纸？这些问题每次想起来都让我有些揪心。

2013年，因为诗词的一些格律问题，我打电话给韩兄。他匆匆说了几句，就挂掉了我的电话，不一会儿就发来短信："在公司，不好多谈。"不久之后的一天，他给我打电话，趁着出来办事的机会跑来我们公司找我。我们坐在蔡伦路我们公司的一楼餐厅里，外面阳光灿烂，身着笔挺西装的韩兄坐在我的对面，终于又能听到他像当年那样侃侃而谈。他如今在一家知名的证券公司工作，毕业之后就一直在那里，有空的时候他也偶尔在微博上写写诗，但经常会被老婆提醒写诗不能当饭吃。

那个下午，我们在窗明几亮的餐厅里谈诗词格律，谈同学们的人事变化，又仿佛回到了当年闲坐谈诗的年代。他批评我的诗，说虽然诗意充足，但总是不合格律。我有些不服，他就提及郁达夫的那句名言"诗歌就是戴着镣铐跳舞"，来说明格律的重要性，让我无话可说。他比以前白胖了一些，精神头不再像当年那般张扬，他提及他偶尔会回到学校去坐而论道，这后来有一次我在微信上看到另外一位朋友转发的他的照片，照片上他正在就"共产主义"的理论问题侃侃而谈。

那天临走的时候韩兄送给我一本他的诗集，是当年在学校的时候跑去印刷厂自己印的，诗集的名字是英文的 *A Boy Alone*，里面有许多他当年写的新诗和旧体诗。他的身影消失在视线外，我低头翻阅他留下的尚有余温的诗集，又仿佛看到那一株长在沙漠中的仙人掌，在凛冽的风沙中，盛开了一朵白色的小花。

第三章　无比芜杂的心情

我梦中的咖啡馆 /

　　我梦中的咖啡馆不用太大，只要有落地窗就够了。它一定坐落在一条不太喧闹的街道旁，坐在窗边就可以看到窗外的行人和高大的梧桐树，听不到外面的人说话和车疾驰而过的声音，但可以想象出鞋跟触及地面的节奏声。它那没有临街的一面一定有个小园子，园子有绿绿的草地还有一些灌木丛，灌木丛四季都点缀着零星的不知名的小花。咖啡馆的外墙一定是用小红砖块垒砌，用白色的石灰勾缝，简单朴素的样子。

　　我梦中的咖啡馆只需要一层楼就够了，四五张木质的桌子和软和的沙发散落在落地窗边。每一个座位也不需要很宽大，但夏天有清风可以吹过，冬天有暖阳可以照到。咖啡馆的中央有一条四米长一米宽的长条案，高度恰恰好到不用哈腰就可以写字的程度，我的朋友们来的时候可以围着它站着聊天，或者作画。我还需要为咖啡馆铺上木质地板，踩上去似乎有吱吱的声音和木头的清香。

我梦中的咖啡馆只提供书和茶，书分开放在随手可及的地方，茶有和蔼可亲的老店长现泡好送过来。晒不到阳光的地方我希望有木制的书架，书架顶上有微微的灯光照射下来，可以让我看清楚书脊的字，但又不用过于刺眼。书架的第一层放的是字画和美术书，第二层放的是小说和诗歌，第三层是我希望读到的哲学书和历史书。至于我踮起脚尖都够不着的第四层，那就放上外文书吧，和一些瓷娃娃和花瓶摆在一起，也许有其他客人要看呢。

我梦中的咖啡馆会放轻轻的音乐，但一定要有恩雅和许巍。上午的时候，喝着现泡的绿茶，我想听听恩雅自然的声音，读读历史书。下午有些倦了，可以放许巍的《旅程》，然后翻翻小说。如果我不小心睡着了，老店长一定不会叫醒我，等我醒来的时候，窗外街灯已经闪烁着淡黄色的光，身前桌子上的台灯已经不知道被谁点亮了。当然，我不是音乐的行家，你如果要听其他的也可以，只要这种音乐可以滋润和温暖心灵。

我梦中的咖啡馆一定有一位博学的老店长。他从来不告诉我们他从哪里来，但他承诺会一直守护这座咖啡馆直到永远。他满头银发，估计读过很多的书，他不喜欢杜甫但是欣赏李白，他的理想是以三十岁的年龄回到公元 1917 年。他大多数时候都是很悠闲的样子，偶尔坐到我的对面和我聊聊天。哪一天他忽然有事情不能来了，一定会关照他那穿着碎花连衣裙的女儿过来帮忙照看这座咖啡馆。

我梦中的咖啡馆是我和朋友们相聚的地方。我的爱人喜欢坐在对面的沙发里安静地和我一起看书，有时把她喜欢的段落指给我看。我还有两个朋友喜欢书法，我们就一起站在长条案旁边写字，墨汁的香味很快就布满了整座咖啡馆，惹得其他客人也好奇地抬起头来。大多数时候我会一个人坐在软和的沙发里边喝茶边看书，偶尔也写一首诗，用钢笔誊写在白色的信笺上寄给远方的朋友们看。

我梦中的咖啡馆名字就叫"时差"吧！我喜欢诗与茶，但其实这不是我想咖啡馆取名"时差"的根本原因。我只是想，就在那个我看着书睡着然后黄昏才醒的那一天，我的心一直在书页之间、在梧桐树的光影里、在落地窗窗幔被风吹动的琐碎中、在老店长深邃的目光注视下，我的时间停顿了一个下午。这不是时差，又是什么呢？

去西藏

西藏真是个好地方。大概是因为离天比较近的缘故，这里空气稀薄新鲜，天空和纳木错湖一样蓝，干净明亮。2007 年，青藏铁路刚刚开通，我们一行二三十人在 7 月间游过青海湖，然后从西宁出发，好整以暇地一路坐过去，第二天傍晚到了拉萨。

藏族的姑娘叫"卓玛"的比较多，不出意外，我们的导游也叫卓玛。卓玛姑娘前几年被选拔到上海，在那里学习了一段时间汉语，所以普通话说得很标准。我们上车的时候，她就给我们献了哈达。有位兄弟起哄，把哈达随意缠在脖子上，做出很时髦的样子。卓玛看了很生气，黑红的脸庞憋得更红了，我们赶忙把哈达小心地戴起来。

到拉萨的第二天，按照传统，我们去了布达拉宫和大昭寺。在布达拉宫，看到很多的藏族同胞过来供奉长明灯。用的是一种酥油，每到一座长明灯，那些藏族同胞就取出随身带的一只小袋子，小心翼翼地用勺子舀出一些酥油来，供奉到长明灯上。这些藏族同胞通常是一位老年妇女，身边还牵着一个几岁的小男孩，大概是她的孙子吧。

卓玛告诉我们，布达拉宫的长明灯常年都不会熄灭，虽然西藏很多地方很偏远，但是藏族同胞们都会从四面八方络绎不绝地过来供奉。供奉长明灯的酥油，市面上是没有出售的，藏族同胞们自己一点一点慢慢做，收集起来，到了一定的时候，便让家里的老人带上孩子，一路走到布达拉宫。大多数藏族同胞生活在恶劣的自然环境中，生命脆弱，他们都发自内心希望布达拉宫的灯永世长明，仿佛心灵从此有了归宿。

从布达拉宫去大昭寺的路上，沿途可见转经的藏族同胞，手持转经筒，不停地转动，不舍昼夜。大昭寺的门外，靠着山墙的地方，有一块石板铺成的空地，有三五个藏族同胞在那里向着大昭寺行礼，五体投地，久久地匍匐不起。

卓玛说，这些是朝拜的信徒，不仅仅是西藏的，有很多甚至是从青海和甘肃过来，他们带上一生辛辛苦苦积攒起来的钱财，携家带口，怀着一颗虔诚的心，用磕长头的方式一路拜过来。如今拜到了拉萨的大昭寺，已经是即将到达胜利的终点了。

我们向卓玛请教磕长头的方式。卓玛看了看我们，说，磕长头其实只是形式，关键是心要诚。她犹豫了一下，便给我们示范。双手合十、举起，匍匐，然后五体投地。我们跟着卓玛试着做了一下。当身体放松，全身贴向地面的那一刻，我感到了青石板的清凉，清凉的味道经过呼吸，五脏六腑顿时一片清净。

想起来有时候我们去内地的寺庙，香火一般都很旺，烟雾缭绕的。摩肩接踵的香客们手托佛足伏地而拜，然后站起来上些香火钱，希望有求必应。然而在西藏，信徒们从远方而来，一步一拜，将身体交给大地，丈量着出发地到达信仰的距离。这么多年过去了，我还记得那一次长拜。不是把最神圣的额头放在佛脚前以示臣服，而是将心灵和身体一起交给他。

那次我们从西宁出来之后，一路向西，海拔越来越高，空气越来越稀薄。火车的两旁，都是旷远的戈壁和绵延不绝的雪山。偶尔还能看到几只藏羚羊。不少人出现了不同程度的高原反应，开始吸氧，吃红景天。火车开到格尔木的时候，我们下到站台，迎着刺眼的阳光和站牌合影留念。那是我们从前没有到达过的高度。我们把海拔高度的数字照进相机里，证明我们曾经来过，然后赶紧跑回有氧气供应的车厢里，继续吸氧、打牌。

我们真的来过吗？

汪峰在他的歌里唱道：

> 多少人走着却困在原地
> 多少人活着却如同死去
> 谁知道我们该去向何处
> 谁明白生命已变为何物

是否找个理由随波逐流

或是勇敢前行挣脱牢笼

我该如何存在

　　这个问题，不管是在几年之前我们坐上开往西藏的火车时，还是今天，我都无从回答。听说，最近几年，开车或骑行去西藏的人越来越多了，甚至还造成了川藏公路大堵车。上一个月我的一位朋友把手头的生意扔给公司的小姑娘，也和几位朋友开车去了二十多天。他出发的那一天还特地跑过来看我，而我却没有勇气和他一起上路。

　　我想，去西藏，无论是乘车也好，步行也好，还是藏族同胞信徒们一步一磕头也好，都是在丈量着信仰的高度。我们的朋友小切也出发了，他要骑行去西藏。我把这篇文字送给他，也送给所有身不能至但心在路上的朋友们。有朝一日你们到了西藏，请你双手合十、举手向天、匍匐，将自己交给那片冷峻的土地，就算是和信仰一起栖息片刻也好。

/ 说走就走的旅行

最近在读《瓦尔登湖》，梭罗笔下的山风呼啸，湖水深沉，令人不禁心驰神往。二十八岁的梭罗在此度过了两年孤单而不寂寞的时光，身体力行，每日在洒满阳光的丛林中阅读、耕作和思考。偶尔他还要去附近的村庄里闲谈，然后披着夕阳的余晖回到自己在丛林里的小屋。有几次到夜深了才回去，他在丛林里迷失了方向，最后靠着树草的枝叶熟悉的味道才一路摸回小屋。只有想要换换口味的时候他才会跑到瓦尔登湖里去，钓上几尾梭子鱼，或者就着湖水在夕阳下洗一个澡。

这大概不是一次一时兴起的简单的离群索居。梭罗只是想看看，如果抛弃我们那些欲说还休欲罢不能的复杂的生活条件，我们到底还能不能让自己生活得很好。所以他自己动手在瓦尔登湖旁的树林里建了一个小木屋，在小木屋前开辟了一小块土地。虽然去的时候已经错过了很多作物的播种季节，但在第一年他就丰收了土豆，换来蜂蜜和面粉后，他差不多还有些结余。如果不需要追求更好的生活条件，梭罗发现，他每个月其实只需要耕作几天就可以了。其余剩下的大把时光，他可以用来读书、闭目养神，或者索性穿过丛林去看看湖的四周是什么样子。有时候他回到小木屋，会发现这里来过不速之客，有时候是小动物，有时候是路过的陌生人，甚至梭罗能想象得到，这位不速之客还会坐在壁炉前沉思一会儿。

然而，我所知道的，或者说我所认为的生活是无法让人如此洒脱的。反而，因为需要得太多，我们的生活往往陷入桎梏。我们每天早上需要对着镜子自我鼓舞，然后把自己交给繁文缛节，执着苦逼地前行而忘了选择；有时候又会借爱情之名，跑得老远去买一束喷了香水的百合花，但它怎么比得上一整天安心的陪伴；突然有一天我们发现父母年华老去，却不知那两鬓风霜何时而起的，记忆中的母亲只是一个在厨房忙碌的抽象的背影。哦，还有需要陪伴的孩子，还有需要照看的理想；还有山野村夫，还有名山大川；还有野渡之舟，还有济沧海之帆；还有很多很多，可是我们执着于戴着镣铐跳舞，却不曾鼓起勇气开启一次说走就走的旅行。

我想，对俭朴生活的向往大概不是今天才有的事情。唐寅的《桃花庵歌》说，"桃花仙人种桃树，又摘桃花换酒钱"，这是非常有画面感的。只不过，折花枝换酒钱对于唐寅这样的人来说只是一个美丽的假设，他这首诗和清朝名士纪昀的"一等人忠臣孝子，两件事读书耕田"差不多是一个意思。这又让我联想到所谓的"魏晋名士风度"，曲水流觞，迎风而歌，大醉之后花下而眠。然而，据我所知，这样的生活方式并不是普通人能够效仿的，只有那些富贵人才能摆的文艺范儿。

反观梭罗在瓦尔登湖畔的耕读，这种生活近乎苦行，然而又不是所谓的天将降大任于斯人的"苦其心志"，更非是苦行僧的所为。事实上，梭罗甚至过得还十分怡然自得。我的一个朋友，前段日子去一个寺庙禅修去了。这实在是一件有趣的事情，现在僧俗之间一直在尝试着相互接触，工作繁忙的城市人借助短短几天的清修荡涤一下被名利侵蚀过度的心灵，这固然是好的事情。然而现在的和尚也大都不需要靠化缘和苦行而生活了，古寺青灯也只能出现在电影镜头里。无论是真的苦行还是和现代生活不离不弃的禅修，和梭罗的耕读是大不相同的。

周云蓬在他的《绿皮火车》中提起，他曾经有这么一段说走就走的旅行，靠着一把吉他一路走到了拉萨。每到一个城市，他就在广场上坐下来开始弹吉他，一旦挣够了路费就再次出发。柴静在给野夫的散文集《身边的江湖》写的序中也提到过一位有趣的餐厅老板，接待了他们这拨客人之后就兀自离开了，说是今天酒钱挣够，不再炒菜，自个儿找地儿喝酒去了。想想这两个人，一位是盲人，一位是厨子，身无长物，孑然而立，内心世界却丰富多彩、快乐无比。

这样的态度大体和梭罗的初衷是相似的。梭罗在瓦尔登湖畔盖好木屋，扎下篱笆，垦出几分荒地，种上他爱吃的土豆。这一切行为的目的，只是为了检验一个人生活的最低要求是什么。他尝试不过多地索求，绝不多钓几尾鱼晒成鱼干备不时之需，不需要食用的浆果则任由它随风而落化土成泥。他尝试和大自然，和树林及湖水，和梭鱼及土拨鼠，一起和平相处。他自己采摘果实做成果酱或提取蜜汁，自己发酵面粉并用木板烤面包，一次烤的可以吃好几天。在精神生活方面梭罗则可以通过阅读和闲谈来得到满足。他穿过村庄，听到那些得不到满足的人们相互抱怨。

　　梭罗在书中说，有一种人绝不错过知道世界上发生的所有重要的事情，即使这些事和他毫无关系。就算是午睡一会儿，醒来之后一定会问，有什么事情发生吗？然后急不可耐地翻读报纸。这和我们今天离不开微信微博大体是一个道理。我们希望获得，又害怕失去；翻开书，又禁不住瞄电视几眼；刚刚休假两天，一回到家又迫不及待打开工作邮件。好像我们对于这个功利的世界很重要似的，其实是希望从这个世界索取更多，而索取的这些，大多是我们根本就不需要的。

　　半个月前，我回到了老家。老宅院子里的柿子熟了，金黄的柿子结了满满一树，把树枝压得低垂下来。这些柿子和市场上买的味道完全不同，它们十分新鲜，甜意直渗到人的心田里去。这棵柿子树无人看管，任鸟儿来去啄食，独自经历风霜雨雪却长得壮硕喜人，结出来的果实甘甜可口。

　　一棵柿子树尚且能够如此，我们对未来的生活还有什么可担忧的呢？我想，也许一次说走就走的旅行，大概也能结出如此甘甜的果实吧！

度人者自度

迄今为止，我仍然没有一个唯一的世界观，既不是一个纯粹的唯物论者，对佛学也是一知半解，可以说对世间万物的理解往往带着十足的俗气。佛说因果，又说众生皆苦，现世的我们大多数时候很难知道我们的那个"因"是从何而来。人生而有三六九等，如果你碰巧没有衔玉而生，而是生在一个贫寒之地，破落之家，这恐怕也由不得你自己。如果我们因此就对一个初生的婴儿说，你大概前世有什么业障，因此今生必定要遭些磨难，这会变成一件很荒谬的事情。

《心经》又说，观自在菩萨，度一切苦厄。从俗世的理解来说，人世间一切的幸与不幸，皆有菩萨的关照。脱离苦海与否，则需要因缘际会，取决于你前世的业障是否消完。所以这世间所有的幸福与苦难，皆有因数，属于命中注定。但没有人会堕于现实甘于沉沦，往往会秉持不抛弃不放弃的信念，相信总有脱离苦海的一天。对于这样自度的人，我们恐怕还是要施加一点外力，帮助一把才是。因为有一天，斗转星移，我们也无法保证不会跌到悬崖下去。

中国人的慈善，总是带着这样的现实和俗气。可是，推己及人，在我看来，是一件值得称道的可贵的品质，它无非是在拯救别人的时候，心里念的是自己，相比冷漠或者冷酷，这真是无可厚非的。从佛学角度来讲，你种下善因自然有善果，举头三尺有神明，菩萨时时刻刻都在帮你记账呢。记得小时候我去山里走亲戚，恰逢夏日口干舌燥，每每都能看到路旁的一棵大树之下放着几只大桶，里面装满茶水，虽不精致也不醇厚，却也甘甜可口。在树下小憩片刻，心里也会默念这好心人的恩德。施水之人，种的是"滴水之恩"的因，收获的是"涌泉相报"的福果。

我们也大都听过"爱心项链"的故事。在美国得克萨斯州一个风雪交加的夜晚，一位名叫克雷斯的年轻人因为汽车"抛锚"被困在郊外。正当他万分焦急的时候，有一位骑马的男子正巧经过这里。见此情景，这位男子二话没说便用马帮助克雷斯把汽车拉到了小镇上。事后，当克雷斯拿出美钞对他表示酬谢时，这位男子说："这不需要回报，但我要你给我一个承诺，当别人有困难的时候，你也要尽力帮助他人。"于是，在后来的日子里，克雷斯主动帮助了许多人，并且每次都没有忘记转述那句同样的话给那些被他帮助的人。许多年后的一天，克雷斯被突然暴发的洪水困在了一个孤岛上，一位勇敢的少年冒着被洪水吞噬的危险救了他。当他感谢少年的时候，少年竟然也说出了那句克雷斯曾说过无数次的话："这不需要回报，但我要你给我一个承诺……"

这样的故事不是所谓的"心灵鸡汤"，我相信是真的，因为我们的小伙伴如今也踏上了奔赴贵州的征程，正在把"爱心项链"的一环传递出去。他们把自己摘下的春天的花朵送到需要的人手里，也必将在贵州的山山水水种下一片福田，盛开一片花海。小伙伴们的亲力亲为，在特殊的背景下，相比于红十字会的"大爱无疆"，显得多么的弥足珍贵，润物细无声。

勿以善小而不为，达则兼济天下，心有善念则众生皆佛。度人，其实何尝不是自度。

惯性 /

　　有一天早晨，我猛然睁开眼睛的时候，赶忙看看放在床头柜上的手机，发现已经睡过头了，离飞机起飞的时间只有两个小时。昨天晚上定好的闹钟响过两次，都被我睡眼惺忪地按掉了。这一切都不重要了，重要的是，我需要以极快的速度洗漱，然后去赶飞机。

　　刷牙和剃胡须都比较快，比较耽误时间的是洗头发，这原本是我每天早上必须要做的事情，然而今天时间太紧了，我只能略过这一环节。出差用的行李箱昨晚都已经收拾好，只需要塞进去几件小东西就可以了。母亲说早饭已经做好了，问我要不要在家吃，我一边不耐烦地摇手，一边到玄关换鞋。手机拨给出租车公司，放了免提，接线员放了音乐让我别挂线等一下，可是一会儿就告诉我说没车了。因此我马上决定自己开车去。

离飞机起飞还有一个半小时，所以说，我必须在四十五分钟之内赶到机场并且停好车，然后飞奔过去，如果运气好，插个队就可以办好登机牌。可是这条路在早上的时候总是很堵，如果是中午走，半小时就够了，可是早上就完全没办法判断。路上的车是如此之多，我刚拐上去就走不动了。我烦躁地按下收音机的按钮，里面播报的世界新闻离我的生活太远了，不是斯洛登就是叙利亚，干脆关了。探出头去，前面的车乌泱泱，看不到头，左边一辆车看我迟疑，准备插进来，我闪了他几下他就没动了。很多车都在按喇叭，估计他们也像我一样急不可耐。这条路要么去火车站，要么去机场，走在这条路上的都是急着奔赴全国各地的人。

我无比懊恼，多睡这半个小时，换来的是这该死的堵车，旁边的匝道上还不断的有车开上来，一头扎进车阵当中，像是万千蝗虫中的一员。其实我懊恼的还不仅如此，早上没来得及洗的头发，油乎乎沉沉地压在我的头皮上，头皮不由自主地痒了起来。从后视镜看上去，好几绺头发翘得老高，衬托着一张懊恼的脸更加杂乱无章。

天气很好。才九点太阳就有些耀眼了，偶尔有一些风。可以想象得出，如果在这样的上午坐在草地上晒晒太阳，喝喝茶看看书，才是无比惬意的生活。多久没和孩子们去草地上玩耍了呢？这大概是除了头发没洗以外最让我懊恼的地方……而且天气这么好，飞机也大概不会晚点，靠！

赶到机场泊好车，一路小跑，余光扫到大厅里星巴克吧台上人满为患，人们都在拼命地朝嘴里填着东西，无论是没有任何味道的三明治还是苦哈哈的咖啡，反正填饱就是了。办登机牌的时候，插到金银卡的队伍里，后面的人一脸不满不情不愿地让开了，东航的小姐一边办牌一边催促我要快点，然后就是冲刺、安检，快步跑向登机口。

我急切的步伐就像是惯性下不由自主的动作。我不由得想起八年前第一次坐飞机的情景，因为不知道流程，加上兴奋，提早三个小时到了机场，问了半天才知道怎么办登机牌怎么过安检，后来坐到登机口的时候离起飞还有一个多小时……登机时请一位面善的大哥帮忙领着才找到自己的位子！那时候我没有工作经验，甚至也没有多少社会经验，有的是时间，对于繁忙充实的工作充满向往。

可是时间总能改变很多事情，包括我自己，这个改变来得很快，快得连我自己都没有意识到。起飞前三十分钟，我准时从优先通道登机，行李架有充足的位子留给我的行李箱，我把自己肥硕的身躯安顿到舒服的位子，一边用登机牌当扇子扇汗一边看着后面的旅客在狼狈不堪地安置行李、挤挤攘攘。我是如此娴熟地处理着这一切，飞机起飞的时候我开始打开灯看《环球时报》，希望用这张有名的报纸让自己兴奋起来。可是偶尔发根痒痒的，提醒我今天早上洗头发的程序还没有完成。

东航的餐盒永远是猪肉面牛肉饭，我迅速根据习惯选择了面条，并且就着榨菜飞快地吃完了。我无法集中精力观察今天的空姐是否漂亮，只是皱着眉头向她们要了一杯冰可乐，然后开始思考今天即将面临的问题。噢，今天我要见的这位客户很难缠，他总是笑眯眯地问我许多问题，不管我和我们的服务团队多么卖力地解释，最终他总会推说价格太贵了。这真是令我感觉十分沮丧，早上诈尸一样起来，把车开得像法拉利，最后像 2008 年以前的刘翔一样跑到飞机上，下了飞机还是要面对这样糟糕的局面。

我不由得对未来担忧起来，可是机舱轰鸣，睡意一阵阵袭来，我还没来得及想清楚这些问题就不由自主地睡着了……

噢，这真是一个糟糕的故事，令人沮丧。我不得不重新考虑给它一个稍微好一点的结局。下了飞机之后，我没有直接去客户那里，而是请司机先把我送到酒店。在酒店卫生间里，我好好洗了一下头，头皮终于不痒了。我本来还想要在那个大浴缸里泡一下澡的，可是最后我还是决定去一楼的咖啡厅补吃一下午餐。是的，咖啡厅有个硕大的落地窗，窗外就是阳光和绿色的草坪，还有几只麻雀在树上跳来跳去。我就在落地窗前要了一壶茶，还有一份蛋糕，慢慢地把它吃完了。

是的，也没什么大不了，我不过是晚见到那位笑眯眯的客户两个小时而已。这两个小时什么事情也没有发生，我只是思考了一些问题，然后把其中的几点讲给这位先生听。我走的时候，他仍旧不打算购买我的东西，可是，这和之前又有什么不同吗？

快时代 /

1931 年，年轻的沈从文从北京出发，返回湘西老家看望母亲。他雇了一只小船，溯水而上，经历十几个日日夜夜到达家乡，短暂停留三四天之后，沿原水路返回。当是时，沈从文用随身带的笔墨纸砚记录了沿途所见，回京之后编辑成书，是为《湘行散记》。短短的路程因为交通方式的落后，让年轻的沈从文有了充分的时间去游历、观察和思考，从而成就了这部代表作。

这样的经历，对于今天可以享受到各种方便的我们，恐怕是很难再见到了。对于我自己而言，因为工作的关系，在过去的八年间几乎走遍了全国的大部分地方。然而今天让我想起来，却没有几个地方能够给我留下深刻的印象。比如西安，我一直都抱着浓厚的兴趣，但只有 2013 年才抽出三个小时去快速浏览了一遍兵马俑，比如华山，比如华清池，只有耳闻，每次经过西安都是来去匆匆，竟再也没抽出时间去看一看。这也难怪，现在这个时代，想要干什么实在太方便了，出行有高铁飞机，食宿有标准统一的大酒店，我们从出发地直奔目的地，完全可以忽略过程。

两年前，我带一位日本同事去枣庄办事。下了高铁，对方安排了车来接我们，然后直接去酒店，然后我们被通知晚宴安排在两个小时之后。这位日本同事比我年长，他有一个习惯是每到一处都要去当地的街头巷尾感受一下，因此放下行李就拨通我的电话，说趁这两个小时逛一逛。我和他从酒店出发信马由缰拐进了一条小巷子，那条巷子大概有两百米长，两边满满地摆满了小吃摊，我们坐下来，就着当地啤酒开怀地吃开来。也就是那一次，我才知道枣庄这个地方除了有铁道游击队，还有那么多好吃的东西。第二天早上天一亮，这位日本同事又拨我房间电话，约着去另外一个地方，吃了露天摊的早点，那些东西又便宜，比酒店里的早点不知道好吃多少倍。

是的，我们原本可以让时间慢一点，这样我们就可以有更丰富的体验。然而时间对大家都一样，差别是脚步的速度。高度物质化的今天，我们用手机省掉了见面的时间，用高铁省掉了停留的时间，最后却发现时间并没有变多，只是在使用这些工具的时候浪费掉了罢，又或者创造出了一堆无用的垃圾。比较鲜活的例子就是，古代的读书人大概只能读到几十本书，而今天我们可以涉猎的书籍真可谓汗牛充栋，然而即使如此，我们也并不比古人懂得更多，因为我们阅读的速度太快，或者读了太多的垃圾。还比如说，今天我们的科技不可谓不发达，中国人刚刚把"嫦娥三号"都送上了月球。我们鼓掌起立高声歌唱"神女应无恙，当惊世界殊"，却殊不知，都江堰工程已经保佑了蜀地两千年的风调雨顺。

北京的朋友送给了我一套民国时期的教科书，主要是针对幼儿的，只有简单的文字和插图，每一课只讲一个简单的道理，基本上都是诸如见到父母师长要行礼问好这样的事情。后来又看到对于稍大一点的孩子的课本，比如介绍茶，教案里会提醒教师准备好茶叶和茶具，作为上课之用。这样的课本非常生动，我翻着翻着，突然觉得现在的孩子太可怜了，十来岁的年纪，每天晚上做奥数题直到深夜。教育者，教书育人之谓，原本指的是传道、授业、解惑，然而今天我们独独忘了教给孩子怎么做人。

这大概就是"快时代"我们所面临的现实，或者悲哀。

无比芜杂的心情 （一）

1999 年，动画片《宝莲灯》上映，万人空巷。我们当时正在上大学，是在大学礼堂看的，台下坐得满满的都是观众。这样的盛况几年以后在张艺谋的《英雄》上映的时候重新上演了一遍。《宝莲灯》是我记忆中除了《葫芦兄弟》以外仅有的认真看过的一部动画片，画面精美，尤其值得一提的是刘欢和李玟唱的插曲，使得这部动画片可以吸引住大量的成年人。

我后来去买了刘欢的专辑 CD，学校教育超市进门的地方有一个音像制品的摊位，刘欢的专辑旁边正好放着齐秦的专辑《狼》，简单但是极具冲击力的红色设计，令人很喜欢，于是也买下来。那时候就是这样，喜欢一样东西，理由往往很简单，购买力虽然不强，却总能省下钱来淘到自己喜欢的东西。

齐秦的那张专辑真的很不错，我来来回回地听。那时候的齐秦也处在非常好的年纪，狂野的外形和略带沧桑的嗓音让我向往，虽然大部分时间我看起来都是一个循规蹈矩的人，内心也还是有一些野性的，不过把它寄托在了偶像身上而已。

2014年朋友们推荐去看湖南卫视的《我是歌手》，猛然发现偶像齐秦也在那些唱歌的歌手之列。电视里的齐秦虽然还是很能唱，但是神态已经明显老了，不复当年年轻矫健的样子，就连牙齿看起来都掉了。尽管他唱的《夜夜夜》还是很好听，而且比当年更具技巧，我还是迅速关掉了电视。这不是我想要看到的齐秦。

这是很残酷的事情，你看到了一个人最好的年纪，然后看见他老去。1960年出生的齐秦，到现在已经超过五十岁了。最残酷的事情莫过于一个人的年华已经老去，他还要以年轻的方式歌唱，还是牛仔裤，还是长发，可是已经一点儿都不酷了。

偶像老去这样的事情，到了近几年才慢慢多起来，这样的事情多了，就等于提醒自己也告别了某个时代。曾经寄托在偶像身上的某种情愫，或野性，或浪漫，似乎都要随着偶像的坍塌而消散……尽管，那些情愫是真正珍贵的东西。

十几年前，有很长的一段时间，我曾经非常羡慕我的一位同班同学。他是一位很好学的人，同时还会弹吉他。每次他下晚自习回来，在宿舍熄灯之前，他都会弹半个小时的吉他。他最喜欢弹的曲子是 *Sound of Silence*，经常弹了一遍又一遍，我们也都很爱听。可是突然有一年寒假回来之后，他没有带吉他到学校来，他决定要更加努力地学习，然后出国。

这位同学后来真的如愿以偿去了德国。四年前，他从国外回来过一次，我们在地铁站旁边的一个小小的咖啡店匆匆见了一面。他在继续读他的博士后，看起来依然文质彬彬，未说话先就满脸堆满谦虚的笑容，一副标准的学者模样。我很急地追问他，在德国是否还弹吉他。遗憾的是，他摇了摇头，说是工作太忙了。

我感到有些伤心。为什么岁月和生活会带走一些我们钟爱的东西呢？其实这些东西弥足珍贵。我记忆中的这位同学，还是那副眯着眼弹吉他的模样，偶尔看一下谱子，或者被我们不小心打断才会停下来。那时候，我是多么羡慕他会弹吉他啊，甚至半躺在宿舍床上听他弹奏，一边想象要是自己弹的该有多好。

可是我们都已经从无忧无虑的大学校园毕业了，大家各奔东西，各自面对自己的生活。从咖啡馆出来，我送他坐地铁回去，临别时他向我挥了挥手，留给我一个似曾相识的灿烂的笑容。那天独自走路回家的时候，天已经黑了，路灯把我的影子映得忽长忽短，我不禁觉得有些落寞。

生活和岁月带给了我们许多东西，我唯愿带给我们的不仅仅是苍老和理性。我对未来充满憧憬，可是既有的经验却又让我对将来充满恐惧。我害怕会失去更多弥足珍贵的东西，就像昨天曾经失去的种种一样。这是一种无比芜杂的心情，尤其是在这岁末年初的时候，变化的日期在催促着我们前行，连片刻都不曾让我们停下。

无比芜杂的心情 （二）/

人到了三十五岁，真是处在了一个非常微妙的年龄。向前看，路漫漫其修远；向后看，曾经的天真幼稚犹在眼前。倘若这个时候还未能开拓一片疆域，很可能就会被归于老而无用的一类。这之于我们，竟然渐渐变成了一件大概率事件，让人不由得不做一声叹息。虽然古来就有大器晚成的例子，但这恐怕只能激励别人，却无法安慰自己。

工作大都是维持生计的一种办法，自由职业者的漂泊不定往往能让有固定工作的人凭空多了一份优越感。电视上经常有一种采访，那种有一定知识文化而又未成为农民工的没有固定工作的人，通常有一个自由职业者的标签。这样的人在电视上通常作为一个需要被同情被理解的形象，因而使得我们这些按时上班每月领薪水的人越发珍惜手中的工作。所谓"安居乐业"因此变成了一种不错的选择。

我们是否因此失去理想？这似乎是显而易见的事情。

2005 年毕业的时候，股市低迷，我在几份 offer 当中毫不犹豫选择了外企。我去的那家公司是一家伟大的企业，在张江高科园区里面有气势恢宏的研发中心。面试的当天，坐地铁二号线去张江的路上，一个车厢都是同行的人，到了现场，几千人的大场面让人竟然有些胆战心惊。当天一共三轮面试，中午管饭，是外卖的肯德基，留下来等下轮面试的人都可以领到一份。坐在角落啃汉堡的时候，看着同学们一批批地离开，整个大厅从拥挤到慢慢安静下来。等到最后一轮面试结束，竟有如范进中举般的兴奋感。

当年奔赴外企的场景现今又在公务员考试的时候重演了。其实你要是问参加考试的人，大多数人恐怕不知道为什么来，就像我当初拿到那家著名美国公司的 offer 时莫名其妙的幸福感一样，我把脱颖而出当成了幸福感的来源，但是，工作其实就是一份工作而已。只是，千军万马过独木桥的时候，只是一心要闯过去，至于河对岸的是草原还是戈壁滩，那是顾不上去考虑的。

这样的心情，在工作之后愈来愈烈。企业自然不会放过这样的好机会，为每一位员工设计好了种类繁多的层级，无非是各种字母外加阿拉伯数字变成的序号，随着时间的推移，上级和人事部门就会在极其恰当（从不预支）的时候帮你攀升一级。这是一部伟大的天梯，大多数人都会在差不多的时间达到几乎差不多的位置，只有少数幸运儿会攀升得更快一些，而大多数人都在心里默默地坚持认为自己总有一天就是那个幸运儿。如果说，诸如此类的向上攀升也是一种理想的话，那么这个理想往往会最终让人发现是遥遥无期的。

这是一种无比芜杂的心情。理想的消失不见总是一件让人着急的事情，而要让我从天梯上跳下去追寻理想，这又让我觉得大抵有些靠不住。这样不上不下的心情，除了让人顾影自怜，并没有特别的意义。自然，这确乎是我们渐渐放弃理想的一种借口而已。我们把理想装进一只坚固的瓶子，放手去追逐世俗的目标，刚开始的时候，我们眼睛的余光还会瞟到她，忽然有一天她不见了，被杂物挤进了某个不知名的角落。

在这岁末年初的时候，我忽然有一种冲动，想要把她找出来擦拭擦拭呢。不为别的，就想不要在明年的这个时候，还有今天一样芜杂的心情。

/ 人人都是方鸿渐

大概在一二十年前，钱锺书和他的《围城》一起成了一个现象，人们仿佛破茧而出的蝴蝶一样发现了一个简单而又深沉的新世界。那时候，20世纪80年代的思想冲击刚刚过去，人们终于认清形势，让"经济"这个词语成功远离了其原本的意思而成为一个全民口头禅。然而除了追逐利益之外，每个人都有一些多余的精力需要宣泄，可是又不知道朝哪里宣泄才好，于是乎就有了"围城"式的彷徨。

我的姐夫为数不多的书当中就有一本小说《围城》，六年前他去美国之前就把所有的存书留给了我，在他留下的书当中，除了《围城》，还有三卷本的《红顶商人胡雪岩》。这大抵可以反映我姐夫出国之前的处境，他毕业于名校，努力工作，然而终究还是买不起价格飙涨的房子，于是乎动念去了美国。他的离开，离开得非常顺其自然，对于这个国家看起来也没有什么损失，但是我却很伤心，因为我姐姐和可爱的小外甥也跟了过去。我当然理解他们不得不走的心情，这和《围城》中的方鸿渐离开上海去三闾大学是一样的，尽管旅途坎坷，尽管前途未卜，可是就得走。

基于我姐夫的前车之鉴，我借钱付了首付买下了这套三居室。买房子那段时间，我们跟打了鸡血似的在这座城市到处穿梭，哪里有楼盘就出现在哪里。一位曹姓同事给我打气，说："只要是自己的房子，什么样的房子住着都是开心的。"末了，还挥舞一下拳头，说，"加油！"这句话给了我很大的鼓励，一想到能坐在自家沙发上看奥运会，心里就有无限勇气。咱中国人说安居乐业，大概就是这个意思。

所以从这个意思上说，让每个年轻人买得起房子，估计是让社会安定团结最简单的办法。我常常看到刚毕业加入单位的新同事，脸上写满冲动，一刻都停不下来。但这种状况维持两三年之后，他们中的大多数就开始变得深沉，这个时候大概就是在操心房子和结婚的事情了。每当这个时候，我都仿佛看见了自己。我们在生活的轨道上如期而至地到达一个个站点，然后继续负重前行。

我在想，世界上还是有一些人能够未卜先知运筹帷幄的，所谓英雄造时势嘛。大的来说，有"力拔山兮气盖世"和"威加海内兮归故乡"；小的来说，也能做到巧言令色八面玲珑。这样的人，深谙"术道势"，善于操弄工具资源，自然不会囿于命运的怪圈。然而这样的运气和能力终究没有降临在我的身上，作为沉默的大多数，我们只能在有限的空间中闪转腾挪，如果智商和情商还够的话，最大的成就就是竭尽全力充分利用好游戏规则。

因此，以这样的心境和处境，我们人人都是方鸿渐。

不能不重读《围城》。对于方鸿渐们来说，他的爱情随波逐流，他的家庭随波逐流，他的事业也是随波逐流，即使偶尔靠岸，也是一阵风就吹散的。整本书中，方鸿渐所做过的唯一一次自己的选择是拒绝苏文纨选择唐晓芙，然而连作者钱锺书先生都不愿意把她嫁给方鸿渐。"我想，钱锺书大概也认为，方鸿渐连堂吉诃德都做不到，这样的人恐怕没有资格拥有这样的爱情。钱锺书选择让孙柔嘉最后与方鸿渐结合，就是让方鸿渐从有限的理想回归现实。孙柔嘉这个人物代表了方鸿渐们的理想所回归的现实选择：她没什么特长，可也不笨；不是美人，可也不丑；没什么兴趣，却有自己的主张。"（杨绛《钱锺书与〈围城〉》）

对于方鸿渐这样的人的评价，钱锺书是通过赵辛楣的嘴说出来的。千辛万苦终于到达三闾大学之后，方鸿渐问赵辛楣："……你经过这次旅行，对我的感想怎么样？……"赵辛楣干脆地回答道：

你不讨厌，可是全无用处。

这样的评价，对于今天同样志大才疏满腹牢骚、以各种理由说服自己围于现实的大多数人来说，难道不是仍然很贴切的吗？

70 年代生人

　　现在，20 世纪 70 年代出生的人正处在最好的年龄。最大的只有四十四岁，最小的已经三十五岁，如果用一天的太阳来类比的话，正是如日中天的年纪。这样的年纪，思想和思维方式已经相对成熟，基本上都已经成家立业，如果恰巧在外企公司干的话，正是最受欢迎的一个阶段：精力和经验俱备，正好担当重任。

　　属于我们这群人的集体记忆，是"飞毛腿"导弹和"小虎队"的歌曲。"两伊战争"的时候，我当时还在上小学，那个时候电视还没有完全普及，可是对于对世界充满好奇的我们来说，这完全不是问题，只要有任何一位同学知道消息就好。每到课间，我们就迫不及待地跑到教室外的走廊上，三五成群，认真严肃地讨论着战争的走向。后来美国也加入了战斗，话题中最令人兴奋的部分是比较"飞毛腿"导弹和"爱国者"导弹的优劣，经过眉飞色舞像模像样的对比，我们一致认为，"飞毛腿"导弹必然要更快更强一些。至于原因，我已经不记得了，大概"飞毛腿"这个名字更酷一些吧。

那个时候，几乎每个女生都有一本歌词的手抄本，那种软面抄的本子每一本的封面都印着最靓丽的明星头像，用今天的眼光来看，色彩过于鲜艳了一些，简直有些恶俗。可是那时候很流行，我们男生不屑于——其实是不好意思吧——有这种本子，可是"四大天王"的歌都会哼个不停。那时候周慧敏是最令人心动的女神，偷偷瞟一眼照片就会令我们脸红半天。那时候郭富城的发型最流行，过年的时候我们都会理一个和他一模一样的，所以满大街看过去都是一色的中分，这种头型直到我们进入高中才慢慢消失。可是这一切，都敌不过"小虎队"歌曲的魅力，几乎每一首歌我们都会唱，男生们都自动归队，自认为比较像吴奇隆的，也会整天装出酷酷的样子。每堂课上课之前有五分钟集体唱歌的时间，老师们通常希望我们唱郑智化的《星星点灯》或《水手》，可是我们一起哄，领唱的文艺委员就会换成"小虎队"的《爱》，唱到"让我们自由自在地恋爱"的时候，我们的脸红了，老师的脸白了。

这样的共同记忆如今真是弥足珍贵。因为"80后"和"90后"有他们独特的标签，而20世纪60年代及其之前出生的人因为经历过那个独特的时代也使得他们的面目鲜明，唯有70年代出生的人，处在时代嬗变的当中，被遮盖在变革的宏大叙事后面，一直形象模糊。许知远在他的文章《生于70年代》中说："其实从来就没有一个完整意义上的70年代。在1970年与1979年之间已经是一条漫长的道路。"以1976年为界，整个70年代被割裂成了两个完全不同的阶段，在这年之前的人，身上或多或少地有60年代人的印记，而这之后的人，心理上和行为上则更接近所谓的"80后"。

与"80后"与集体主义的决绝不同，70年代的人一直徘徊在集体和个人之间。和革命年代强调国家与集体不同，70年代出生的人已经开始目睹或参与了80年代开始的经济变革，个人的成功开始有了具体的社会标准；但由于计划生育尚未实施，我们仍然生活在有竞争的家庭环境里面，因此关注家庭也是这一代人的共同特征。从这个意义上说，这一代人是被时代裹挟的一代人，千军万马过独木桥，而且过得不亦乐乎唯恐落伍，多少有些显得随波逐流。

我这么说也许有些让人产生些许的不适感，包括我自己。但这似乎是一个事实，我们这一代人至今没有产生什么"离经叛道"的人物。从家庭环境来看，我们的父母出生在革命年代（40年代末50年代初），他们个人成功的机会微乎其微，所以一旦机会降临希望乍现在我们身上，他们就会如获至宝，一刻也不停地鞭策我们迎头赶上。所以如今回想起来，在我们成长的过程当中，我们听到的教诲永远是这样开头的："你们不能身在福中不知福啊，想我们当年的时候……"在我们自己而言，我们并没有什么机会可以反驳我们的父母，因为他们说的大概也是事实。变革一步步发生，新鲜事物一点一点出现，我们在通向河对岸的过程当中也是"摸着石头过河"，石头一个个地显现，我们也就一步步朝前挪动。该上学的时候我们认真上学，该找工作的时候我们认真找工作，该结婚买房的时候我们认真结婚认真买房。这样的顺其自然多少有些显得随波逐流，60年代的人羡慕我们拥有的机会，80年代的人则羡慕我们拥有的时机：房价还没有那么贵，谈恋爱还不是那么困难。身不由己的随波逐流看起来仿佛是一件令人羡慕的事情。

给一个年代的人贴上某种标签，这是一件危险的事情。个人的经历往往是十分粗浅的，用于勾勒一个复杂的世界实在是有些捉襟见肘。然而我还是十分愿意去尝试，只有稍许认清我们所处的环境，才知道我们所处的是什么样的一个时代。正因为如此，就像有一位像哆啦A梦一样的朋友，他让我们可以在十年之后还有机会看清楚自己。这是一件意义深刻的事情，唯有知晓过去的清浅，才能走向深远的未来。70年代出生的人注定是彷徨而又随波逐流的一代人，如今，即使还在犹犹豫豫，可也站到了舞台中间。

几天前湖南卫视"我是歌手"节目中，作为"80后"的周笔畅改编了《青苹果乐园》，向"小虎队"致敬。而作为"小虎队"核心成员的苏有朋，已经坐到了"中国达人秀"的评委席上，以一个功成名就的权威面目出现。苏有朋不再是那位"乖乖虎"了，胡须已经爬满了他仍然娃娃脸的面庞。我看到他，仿佛耳边还在闪过《爱》的音符，"哦，哦哦哦，哦哦哦哦哦哦"的前奏萦绕在耳边。那是我们共同的记忆，然而今天却来到了属于我们的时代。

我们在而立之年，站到了时代舞台的中央，这终究是一件无可回避的事情。

时间的空白

我打开一本书
一个灵魂就苏醒
……
我阅读一个家族的预言
我看到的痛苦并不比痛苦更多
历史仅记录少数人的丰功伟绩
其他人说话汇合为沉默

    这是西川的诗句，史铁生引用了它用于阐述自己写作的目的和方法。在宏大的历史叙事面前，时间往往因为伟人的存在而被划分成一个个段落。然而生活的真相却在其他人那里，在那一个个被历史忽略的隐秘角落，存在着真正鲜活的生命和故事。而发现并记载他们，则是写作者的责任。

才女作家蒋方舟在《我承认我不曾经历沧桑》中写到有关木心的时候有一段话特别好：

> 大时代是为少数人准备的——电影里的革命永远一呼百应，可在现实中，也不过是百人而已。除去那些弄潮儿，大部分人只是时代的承受者，敌人来了，便谨慎苟且度日，敌人走了，继续谨慎苟且度日。

改变或者确定历史的人寥若星辰，虽然他们定义了大部分人的人生框架，甚至可以肆意摆弄其他的大多数人，然而却常常在这些沉默的大多数人面前手足无措如履薄冰。（王小波语）这些细碎的生命体显得如此杂乱无章，却自有让人无法忽视的规律。就像钱锺书在《围城》中说的："这好像是无线电，你把针在面上转一圈，听见东一个电台半句京戏，西一个电台半句报告，忽然又是半句外国歌啦，半句昆曲啦，鸡零狗碎，凑在一起，莫名其妙。可是每一个破碎的片段，在它本电台广播的节目里，有上文下文，并非胡闹。你只要认定一个电台听下去，就了解它的意义。"钱先生是真正洞明世事的人，能够从纷繁复杂的历史杂音当中一语中的。

被放置在大历史角落或者阴影里的大多数人是生动有趣的。他们貌似随遇而安，却在完整而又具体地体会着生活的点点滴滴，如果你需要寻找一幅完整的生活地图，找到他们应该是不错的选择。他们在人多的时候通常选择沉默，对于这些沉默的大多数，王小波说："假如你相信我的说法，沉默的大多数比较谦虚、比较朴直、不那么假正经，而且有较健全的人性。如果反过来，说那少数说话的人有很多毛病，那也是不对的。不过他们的确有缺少平常心的毛病。"战国宋玉说："夫风生于地，起于青萍之末，侵淫溪谷，盛怒于土囊之口。缘泰山之阿，舞于松柏之下。飘忽溯滂，激飏熛怒。"把从古而今的这两位仁兄的话结合起来理解，就能很好地了解见微知著、一叶知秋的道理。

在大人物界定的时间线轴上，除了那些著名的"时间点"，最多存在的就是一段一段"时间的空白"。我深信将笔墨关注到这样的时间的空白是有意义的，宏大的历史叙事总显得浓墨重彩而又经不起推敲，作为对大历史最可靠的引证和补充，具体而微的记录显得十分有必要而且非常重要。远离大事件大人物所决定的"时间点"会让我们拥有大片大片的"时间的空白"。我愿意以这样的笔触描写、记录这些沉默的大多数人，倘若和我同样信念的人多起来，这幅拼图所折射出的历史才是真正可靠值得信任的。

车站 /

因为工作的关系，我常常往来于各个火车站。有时候坐在火车上，看着望不到头的铁路线在前方延伸，就像是正在进行着的生活本身一样，人在其中总是身不由己奔赴未知的将来。唯有一座座车站，静静伫立在铁路旁边，就如同给奔波中的人一次重新选择的机会：继续前进还是停下来休息，从来就不是一个问题，然而总是困扰着人们。

有一次，大概是旅途中太疲惫了，我竟然睡过头错过了原计划要去的那一站。醒来之后，我只好怏怏不乐地选择在下一站下车，然后打电话取消早就定好的饭局。电话那边的人觉得有些不可思议，在他看来我一向是一个比较靠谱的人，每次约见面总是提前五分钟到，从从容容地展开既定的议题。难得不靠谱一次，返程的火车在两个小时之后，我于是难得地没有从一座车站匆匆离去，而是停下来独自吃了一顿晚饭。坐在靠窗的位子，可以看见一列列火车风驰电掣地通过这座小站，偶尔有一班车会停靠下来，旅客们脚步匆匆拿着行李走下来，站台上等候的旅客则迫不及待地拥了上去。在那一刻，目的地也就是出发地，你很难把它们区别开来。就像是很难把一位位旅客区别开来一样，他们都是那样行色匆匆、面无表情地奔向不可知的去处。

然而我大多数时候还是一个靠谱的人，尽管经常需要一路小跑才能赶上即将出发的火车，但是在下车之前我总是会整理好衣服和物品，为下车之后的工作做好充足的准备。上海的火车，在出现虹桥枢纽之前，主要是从两个站出发：上海南站出发的一般是去向南方，上海站出发的则往往是一路向北。因此，我基本上不会坐错车，到浙江出差的话，我知道一定需要去外形像个草帽一样的上海南站。车站的安排如此有规律，只要听从它们的安排，工作和生活就会非常有秩序，一点儿也不会紊乱。

上海虹桥枢纽火车站的出现则把这种有秩序的生活推向了极致，以至于每次出差，不管去什么地方，上了出租车告诉司机去虹桥站然后就可以放心地闭上眼睛休息。那里的候车大厅宽敞明亮，高高的拱形设计的屋顶充满着现代气息，之前只在《黑客帝国》这样的电影中才会出现。不用担心错过车，因为即使错过了也可以坐五分钟之后发出的下一班动车。所以，坐在大厅里候车的时候，你很少能看到撒丫子奔跑的乘客，大部分人虽然也都是行色匆匆面无表情，但是互相之间彬彬有礼。每一个位置都用具体的字母和数字来标识出来，没有人找不到正确的检票口，开始检票的时间总是开车之前十五分钟，从来不早一分钟，也不会晚一分钟。你跟着长长的队伍走下去就肯定会找到你要搭乘的那一班车。不用怀疑，从来没有人会上错车，同样现代感十足的站台也清楚地标明了字母和数字。这样的旅行真是快速而高效，只是这样的车站恐怕是很难成为文艺片中的场景，要拍文艺片，导演们只能去拍绿皮火车。

工作行程安排得比较紧的时候，我还常常会在一些车站中转，这样就能如愿以偿地从一座城市转移到我想要去的另外一座城市。我从上一趟动车下来，去售票厅买好下一张票，然后去候车厅等下一班车。我穿梭在这座并不熟悉的车站里，却能十分熟悉地处理好这所有事务——自从有动车和高铁之后，所有的车站几乎变成了同样一个模样。到处是宽敞明亮的大厅，开阔的走道，整齐统一的中英文标识。我们很难通过车站的样子来辨认出这里到底是哪里，走了两个小时到达下一站之后，恍惚中你感到又好像回到了出发的地方。人们来来去去，来的人离开的地方就是去的人前往的目的地，两个地方大体相似，只是名字不同而已。

很久以前，我们曾经为了到达一座新的车站而欢呼雀跃。1996 年，北京西客站竣工，我们几个同学特地一起跑过去和它那复古式的建筑合影，并相互打赌，猜有没有飞行员敢驾驶飞机穿过它正中央的那个孔洞。那段时间，我们从外地买票回北京，都会选择到北京西客站，那座在最高点建有一座亭子的火车站。那个时候，火车站是一座城市的地标，每位设计者都会让这座城市的火车站与众不同，比如长沙火车站，屋顶上有一支巨大的红色火炬，旅客到了车站就能迅速辨认出这座城市的某种气息。现在的车站往往离城市很远（比如坐车需要四十五分钟才能到达市区的海宁西站），建筑的样式也和所处的城市没什么关系，仿佛是要和这座城市划清界限似的。坐车的人到达了一座车站，却发现自己往往和目的地还离得很远。

　　一个月前的一个傍晚，我去一座陌生的火车站接人。到的时间太早了，我只好坐在站前广场一处栏杆上，一边无所事事地嗑着瓜子，一边看着天色慢慢暗下来。偌大的广场空空荡荡，路灯把我的影子拉得很长，几个附近店家的孩子相互追逐着一阵风一样地跑过去，在这片平静的湖面上激起了短暂的一阵涟漪。我从来没有这么安静这么近距离地观察一座火车站，这座小站俗气的外表在夜色中渐渐变得深沉了起来，温暖的塔灯照耀下来，小站的轮廓也变得温和了许多。我要接的人很快就将抵达这座车站，他们将与我在出站口相遇并在彼此的心底激发一股暖流，然后我会带着他们在夜色中匆匆离开这座车站，毕竟，家才是我们的目的地。

　　我们会不会在某一个瞬间回看车站一眼呢？

世界杯与父亲节 /

早上六点，我准时爬起床来，坐到客厅电视机前面收看巴西世界杯意大利队和英格兰队的比赛。中央五台的评论员声音比较亢奋，我听到父亲房间有了响动，一会儿就看见他起床走出了房间。

意大利队的比赛一向比较沉闷，英格兰队今天看起来也一直在小心翼翼地试探。这样大牌球队之间的比赛一般来说总是听起来让人激动，真正踢起来之后由于顾忌太多总是束手束脚。我看了差不多有十几分钟，父亲也洗漱好了，踱到离我不远的桌子旁边坐下来。这两天我一直在熬夜看电视，父亲有些好奇，不知道我在干什么。

电视上的比赛对于父亲来说多少有些趣味索然，他爱看的是赵本山的《乡村爱情》，有的时候我们还没起床就能听到他在那儿放那个旋律。比赛有些无聊，我窝在沙发里也兴奋不起来。父亲一会儿看看电视一会儿看看我，最后决定泡茶喝。

大多数早晨父亲都是很早就起床了，起床之后他习惯泡上一壶茶，坐在那里慢慢地喝。我们劝告过他，早上空腹喝茶对胃不好，说的时候他就辩解说喝茶有多少好处，气得我们也就懒得说了。他喝茶基本上是自斟自酌，一只壶一个小茶杯，一边喝一边看电视。我有时候刚起床，打开房间门就看到父亲在那里对着电视傻笑，也不知道他在笑什么，心情不好的时候我就会想，退休以后我会不会也是这样，这样也太无聊了吧？

父亲在旁边啧啧地喝茶，我本来就觉得比赛很闷，于是也跑去泡了一杯，顺手拿了一袋干果当作茶点。经过父亲的时候，我扬了扬手中的干果，意思是问他要不要也来点，父亲连忙摆手。这在我的意料之中，他向来如此，不管是你问他要不要吃水果还是要不要吃个点心，他的第一反应总是摇手，还会说饭吃饱了吃不下水果，让你感觉自讨没趣。所以我的脚步并没有停顿就回到了沙发里。

意大利队和英格兰队的比赛终于在第三十五分钟的时候发生了变化，只见皮尔洛一个漏球，意大利队跟上的球员在大禁区外大力抽射得分。我顿时从沙发上噌地站了起来，兴奋地鼓掌。父亲本来在低头喝茶，我冷不丁地站起来搞得他不知所措，连忙看看我又看看电视屏幕，不知道发生了什么事情。他的眼睛有些老花，眯起眼睛看了半天才发现屏幕右上角的比分发生了变化。

父亲大概觉得有些无聊，于是起身去拿拖把，看样子是打算把房间的地清扫一下。这是他每天早上都要做的事情之一。当他拿着拖把经过电视机前面的时候，英格兰队正在进攻，我有些着急，伸长了脖子眼睛跟着球看。父亲低头在拖地，没有注意到这一切，等他挪开的时候，英格兰队的前锋已经在和鲁尼击掌庆贺了。电视机上主持人亢奋的评论和球场观众沸腾的欢呼声让父亲好奇地回过头去看电视上正发生什么。

　　中场休息的时候我起来给茶杯续水。父亲这时候已经拖好地又坐了下来继续喝茶，他看到电视上正在放广告，忽然记起来昨天的报纸忘了拿，于是跑出去从信箱取了报纸回来。我坐在沙发上看手机微信，朋友圈里很多朋友也在看球，纷纷在群里评球。这些朋友大部分很久没见了，一到世界杯突然冒了出来。以前父亲拿报纸回来，如果我在家，总要问我看不看。今天取完报纸回来，看到我的神态就知道我正在和朋友们微信聊天，于是也就没有问，兀自坐下来戴上眼镜看起报纸来。

　　父亲看报纸一向看得很细，连边边角角的小广告都要看，但很奇怪的是，当我们有时候问他报纸上有什么新闻的时候，他总是答不上来。每当这个时候，不识字的母亲总是要责怪他，说他浪费时间不知道在看些什么。对此我也不太能理解，一份《东方早报》，父亲从早上开始看，断断续续要看一整天。但是每天晚饭的时候，我们聊起某个新闻的时候，他总是好像刚刚听说一样，就连头版头条登过的新闻也不例外。

下半场开球前，一位朋友和我赌，说巴洛特利今天肯定会进球。这位朋友称巴洛特利为"巴神"，我有些不满，我心目中的"巴神"是巴蒂斯图塔，无人可以撼动。后来我又一想，于是回了句，"如果他是'巴神'，那就是神经病的'神'"！刚发完这条消息，下半场开场才五分钟，巴洛特利就接到队友传球，小角度用头将球攻入英格兰队球门！这也太神了，我喊一声"哇靠"就站了起来。

父亲吃了一惊，抬起头来看我，视线穿过老花眼镜的上方带着疑问和不解看我。这次他连电视屏幕都不用看就知道又有人进球了。只是我在旁边一惊一乍地搞得他有些凌乱，报纸也看得没有往日那么安心了。

接下来的比赛完全进入了意大利队防守反击的节奏，英格兰队就像是初夜的小男孩一样，拼命使劲但是搞不清楚方向。英格兰队在禁区前边获得了两次很好的任意球机会，我习惯性地有所期待，结果看到拜恩斯和杰拉德相继把球射偏，这才意识到贝克汉姆已经不在场上了，这次他连巴西都没去。从看球以来贝克汉姆一直是我的偶像，偶像的老去不禁让我有些唏嘘。

父亲在一旁安安静静地看着报纸，有一口没一口地喝着杯中的茶。我的手机世界里波澜壮阔，朋友中不少英格兰队的球迷一边讨伐鲁尼的不在状态，一边在无限怀念贝克汉姆的任意球。当鲁尼不争气地将一个角球发成高射炮之后，微信群里的愤怒达到了高潮，有人已经叫他"鲁猪"了。父亲偶尔会抬头看我一眼，他的眼神表示，对我能够兼顾着看电视和手机两个屏幕有些不解。但他也终于没有问，我也终于没有说些什么。

所以，比赛在沉闷中结束，直到母亲喊我们吃早餐，我和父亲才放下手机和报纸，一前一后地走向餐桌坐在了一起。今天是父亲节，可是直到早饭吃完，微信上铺天盖地全是朋友们向他们父亲祝福的信息，我还没找到合适的机会祝父亲节日快乐。

/ 伪球迷

前天凌晨和朋友一起看球，我们决定赌一下阿根廷队对尼日利亚队的比赛结果。巴西世界杯开赛以来，很多场比赛的结果都有些令人匪夷所思，我们决定碰碰运气。一个朋友猜了平局，另外一个朋友则赌了大比分的4：2，我也认为是大比分，但是他的4：2在先，我就赌了3：2。比赛一直按着大比分的节奏进行，两支队伍都放开了踢，节奏非常快场面很漂亮。中场休息的时候比分已经变成了2：1，看起来我们三个人都还有机会。下半场一开始尼日利亚队就进球了，猜平分的朋友立马兴奋了起来，可是他还没有高兴多久梅西就再次打入一球。梅西进球之后不久主教练就把他换了下来，猜4：2的朋友有些失望，对这次换人有些不认同，可是比赛就是这样，我们作壁上观只能干着急。比赛以3：2结束，我比阿根廷队的队员还要兴奋，大肆庆祝这次口头赌局的胜利。

其实，我也只是一个伪球迷而已。从 1995 年读高一的时候算起，我看了将近二十年的足球比赛，却从来没有誓死力挺过哪一支球队。如果你问我喜欢哪支球队，我会说喜欢高峰时期的北京国安、小贝时期的曼联、维耶里时期的国米。冷门一点儿的，你想也想不到，我还喜欢西蒙尼时期的拉齐奥和宿茂臻时期的中国国家队。很显然，我对于一支球队的态度，大抵与当家球星相关，这是几乎所有的伪球迷都有的通病。如果说伪球迷之间还分个三六九等的话，我大概很少像那些花痴球迷喜欢时尚杂志封面上的小贝，我喜欢小贝以及他在曼联的时代，仅仅是因为他可以用漂亮精准的任意球解决这支球队的问题。这样想，是不是多少有些技术含量？试想一下，球队比分落后的时候恰好获得一个在大禁区前的任意球，你会想到谁？

这样说起来，我至少算是一个资深的伪球迷。但如果你要是问得更加深入一点，这个"资深"恐怕要打上问号。我是 1999 年才真正认识曼联队的，那年暑假曼联队来上海和申花踢友谊赛，我现在连谁参加这场比赛都已经忘记了，除了终场 2：0 的比分以及曼联队队员胸前印有 "sharp" 字样的球衣。确切地说，是从这场比赛之后我才真正通过视觉来欣赏足球的。在大学二年级的时候，室友有上海本地人，他们从家里带来了一台小电视机，屏幕还是黑白的。这样一台电视机在电脑还在纠结 X86 的时期几乎就代表着娱乐的最高境界。平时我们用它来看新闻，看中央六台每天深夜放映的电影，周末的时候，我们就用它来看甲 A 的足球比赛。当然，和上海同学一起看球是要冒一些风险的，他们大多是申花队的死忠，因此我们只能小心翼翼地批评球风软弱的队员们。如果恰好碰到申花队输球了，我们大都选择闭口不谈这场比赛，憋着笑意装作若无其事地踱出宿舍。

申花队历史上的奇耻大辱是输给北京国安的那场 1：9。那是在 1997 年的甲 A 比赛中发生的，当时我就像平时的比赛日一样，坐在高中校园操场边的水泥看台上一个人听收音机中转播的这场比赛。那时候上海申花队对于我来说不过是一个前来客场挑战国安的球队，我当时并不知道我未来会和上海这座城市有什么关系。北京国安的主场的恐怖气氛在收音机上展露无遗，尽管主持人刻意保持彬彬有礼的风度，可是震耳欲聋的"牛×"、"傻×"的叫喊声还是回荡在空荡荡的操场上，你几乎根据某种"×"就能判断出当时场面上国安队所处的处境。那时候的先农坛体育场真是所有甲 A 球队的噩梦。

是的，我的最初看球生涯就是"听"球。这大概是高中时代难得几件乐事之一，一边做着习题，一边听着收音机里传来的激烈的声浪。主持人很敬业，把场上发生的几乎所有细节都播报出来，声音随着比赛的起伏时而热烈时而低沉。星期天的傍晚，一位北京本地同学总是如期从家中回到学校宿舍，我们立马围上去瓜分了他手中的《足球》报，然后围坐在一起，像一群老牛一样反刍着头天进行的比赛。可以说，当时所有的球星的面孔我都是通过报纸而不是电视认识的。我们这位北京同学兼室友不仅仅看球，他还很会踢球，踢的位置是前锋，偶像是杨晨，只不过理想很丰满现实很骨感，他那个时候瘦得就像个豆芽菜，在校队有比赛的时候只能苦哈哈地当替补。大概是受他的影响吧，我们也学会了踢球，那时候同学们都放学回家了，空荡荡的操场一下子安静下来，只剩下我们几个住校的学生。1996 年 3 月 21 日，中国国奥队十分狼狈地以 0∶3 输给韩国队被淘汰，其中一球从横梁上弹到守门员孙刚身上然后弹进了网窝，收音机旁的我们感觉沮丧极了窝囊极了。作为一名爱国的中学生，我们立马跑到商场去买了"回力"的足球钉鞋，立志有一天要踢出亚洲走向世界。

　　这样的梦想太过脆弱，在 1997 年 9 月 13 日的大连金州，中国队 2∶4 负于伊朗队，马达维基亚的远射血淋淋地把中国足球人的脆弱和狭隘击得粉碎。差不多是从那个时候开始，中国队除了恐韩还开始染上了恐西亚的毛病。恐日则是以 2000 年亚洲杯半决赛 2∶3 负于日本作为分水岭。那场比赛我们是在大学的礼堂看的，中国队仗着"头球队"的优势让日本队吃尽了苦头，那场比赛除了日本队，还诞生了一个赢家，就是浴血奋战的杨晨。那时候他在德甲法兰克福闯出了名堂，阳光帅气的形象令人印象深刻。只不过他也无法拯救中国队，也是从那个时候开始，中国队就没停止过传递负能量，直到有一天，我听说他们 1∶5 输给了泰国队，最要命的是，我发现自己听到这个消息时已经无动于衷了。

无比芜杂的心情

由于高考的关系，我并没有来得及看1998年的法国世界杯，关于罗纳尔多的诡异传闻只是从后来的新闻上听说的。我看世界杯是从2002年韩日世界杯开始的，那真是一个幸福的时期，我们的兴致丝毫没有因为中国队尽吞九弹而减弱。相反，由于那是离我们最近的一届世界杯，我们像过节一样高兴，而且临近毕业，没有了学业的负担，我们的看球生活显得十分轻松愉快。这样的轻松愉快如今再也没有了，工作之后的两届世界杯（2006年德国、2010年南非）在我的生活中只是浮光掠影的一瞥。

　　如今我的足球生活，只存在于周末电视换台间隙的英超比赛里。巴西世界杯到来的时候，我发现已经没有多少熟悉的面孔了，布冯像一个冷笑话一样杵在球门前面，看着一个如同外星人一样奇怪的巴洛特利在前边左冲右突。对于所有的比赛的比分，我几乎都能接受，即使是开场的时候我还能兴致勃勃地和朋友竞猜比分，可是比赛一结束，我拍拍身上的瓜子皮，闷一口淡如水的啤酒，就能如同这场比赛从来没有发生过一样挺着日益发福的肚子回房洗洗睡了。这真是一个标准的伪球迷的生活和态度。

　　我对足球的喜爱已经在2005年那个夜晚之后消失得一干二净。那天晚上，我在宾馆房间看着英超比赛，可是突然就不可遏制地沉沉睡去了。当我醒来的时候，电视还在开着，比赛已经结束，屏幕上一位主持人正在唾沫横飞地播报新闻。如果是往日我一定好奇地去查看比分，可是那天我对此一点儿兴趣也没有。我想，足球终于成了我生活中可有可无的一部分。

工具化生活就是自不量力 /

经济学上有两个很重要的概念，一个是机会成本，一个是沉没成本。前者讲的是你可能获得的，后者指的是你已经失去的。经济学家用了非常精确的模型和数据分析，试图告诉我们，当你面临抉择的时候该如何思考。

我时常会想，尤其是在面临困惑而前途未卜的时候，要是能够把自己的生活数据代入经济学公式，那该多好。那样的话，我就不用这么纠结了。作为一个理工科毕业的人，我当然不会幼稚到真的相信这个世界上有什么经济学公式可以准确地预测未来。实际上，非常悲观地说，我们所学到的大部分——其实几乎是全部——的公式只能准确地重复过去已经发生的事情，对于将来，经济学家其实和我们一样束手无策。

我这样说实在显得太过悲观了一些。那么好吧，我们假定这个世界上即将发生的事情在今天是有迹可循的，比如全球变暖海平面上升，比如石油枯竭能源战争，可是这些和我们的生活又有什么关系呢？这些大概率发生的事情往往离我们很远，只需要几个并不聪明的政治家就能准确地预测和应对。

生活之所以难以预测，就在于根本就不存在一个具体衡量的标准，因此我们无法将它数据化，从而代入那些金光灿灿的经济学公式。

如果是一支钢笔，我们根据它的品牌和做工，就能大体预见到它的价格，大概值多少钱。但即使是一支钢笔，如果它恰好是你的女朋友送的，那么它就被赋予了生活的意义，这个意义如此特别，让你心烦意乱，觉得别人给多少钱都不会卖给他。然而有一天，突然女朋友和你分手了，所有和她相关的物品顿时失去了颜色，你恨不得让它们立即消失才能眼不见心不烦，这支钢笔一夜之间突然变成了累赘。

一支钢笔尚且如此，那么感情呢？那么工作呢？那么所有关于生活的一切呢？

意志坚定的男人都喜欢看《教父》，尤其是喜欢马龙白兰度那句有名的台词：给他一个无法拒绝的理由。这句台词听起来如此之酷，而且我们视线所及成功人士大都擅长此道，因此不能不说这句话是成功学中一等一的至理名言。可是，就我有限的实践经验来说，"无法拒绝"本身就是个伪命题，有什么是不可以拒绝的呢？我凭什么相信我找到的这个理由别人一定"无法拒绝"呢？

如果我能准确地知道对方的容忍值的话，我一定能找到一个压倒心理天平的那个砝码。可是我并没有戴着一副看透人心的眼镜，我的视网膜上也没有显示出"终结者"程序计算出来的结果，因此我只好摸着石头过河，一步一步试探对方的底线。

　　我们再回到机会成本和沉没成本的话题。我们假装我们十分了解我们已经付出的努力的价值，同时假装我们很了解未来的各种可能，就像很多人尝试做的那样，我们列举这些可能性的各种优劣点并进行对比。可是直到最后我们还是会像刚开始一样困惑，甚至变得更加困惑。我们想尽一切办法做到不要"一叶障目"，然后却义无反顾地一头扎入了"泰山"的茫茫森林。

　　大多数时候，我们急于离开"现在"的处境，不是因为我们要去的"未来"有多好，而是我们只是急于离开"这里"，所以我们往往假想"那里"是多么地令人向往。然而殊不知生活就是钱锺书笔下的"围城"，你想去的地方，恰好就是别人想要拼命逃离的地方——住在上海的人时刻想念着三亚的阳光沙滩，却发现上海街头的人变得越来越多。

　　生活不在别处，就像无法将今天的生活代入经济学公式一样，我们更加无法量化未来的每一种可能。因为未来有无限可能，但是很可能因为今天我们尝试的不够深入而让未来丧失很多可能。别处看起来很美，可是也许是距离产生的美。

　　之所以这样说，我并不想说选择有那么可怕，我只是想说，大多数试图工具化地看待生活的努力都是自不量力。

/ 后会无期

　　两年多以前，我曾经作为一位旁观者，目睹了一位老人去世之前的痛苦时光。其实这个"痛苦"是之于我们这些旁观者而言的，对于老人而言，他的状态正确的描述是"dying"。"dying"这个单词似乎无法找到恰当的中文词汇来翻译，在我们的字典里有大量的词句可以描绘"died"或者别的什么，但是没有任何一个词语能够充分地反映出"dying"这个词语后面隐藏的绝望。反正总之这位老人正在慢慢死去，所有的人都知道，只有老人不知道。也许在他偶尔清醒的时候能够感觉到，然而这种时候实在是太少了，一天里等不来两三回，有些天甚至一次也没有。

　　我们对此感到无能为力，只能或坐或站，看到刚刚喂进他嘴巴里的玉米糊糊沿着他的嘴角又流出来。他的胡子已经花白了，他原来是一个十分注重容貌的人，当然我说的是他以前清醒的时候，然而现在，他对此已经毫无知觉。尽管他毫无知觉，可是他的胡子还在继续生长，这就说明，他体内的生命力还是存在的。虽然这股生命力微乎其微，微弱到只够支持他的胡子稀稀落落地生长，然而却让人无法忽视——所有的人都明白，这位老人还活着。

老人还活着却毫无知觉这件事让大家痛苦不堪。感觉痛苦不堪的人里面有这位老人的儿子儿媳、曾经在困难的时期承蒙他关照的侄子侄媳、从懂事开始就由他陪伴和教养的孙辈们，那些感觉不到空气中这股痛苦气息的人是他的曾孙辈，他们此时显然还很年幼，他们甚至把毫无知觉的老人当成好玩的道具，围着他相互追赶跑了一圈又一圈。孝顺的儿子儿媳坚持不懈地给老人喂食，喂进去，然后又一点儿不落地流出来。这样的重复动作往往又加重了其他人的痛苦感，这种痛苦令人压抑，无处宣泄。所有的人都知道，解除这种痛苦和焦灼的办法是老人从"dying"变成"died"。而且这几乎是一个可以预见的即将发生的事情，就连老人自己也不否认，当然，如果他清醒的话。

所有人都在等待着这个结果，都在期待着一位老人迅速、毫无痛苦地死去。

中国大妈的广场舞已经跳到巴黎卢浮宫前的广场上去了。在可以预见的将来，中国的每座城市的每一个广场都会被大妈们占领。每天傍晚，她们就会神出鬼没地从各个角落里冒出来，站成恐怖的方阵，跳起只有她们自己才懂的节奏舞。在傍晚七点钟，如果你从某个城市的上空俯视下去，每一个灯火通明的地方都有一个或大或小的方阵。

这件事情真的让人有些着迷，我很想知道站在那样的队列中会是什么感觉。从超市出来，我抱着几罐啤酒近距离地观察这些大妈们——我似乎还从来没有这么近距离地观察一群大妈。她们脸色平静，肢体动作恰到好处，如果不是队列前面录音机播放的音乐太吵的话，这个队列显得十分从容，用"闲庭信步"来形容也不为过。大妈们跟着节奏，整齐划一地踢腿、击掌、扭腰。我蹲在一旁幻想，这些大妈们半个小时前也许还在搓洗家人的衣服，或者刚刚给孙儿换过尿布，有些人大概刚刚和老伴怄过气，还有一些人碗筷刚刚洗了一半就跑出来了。

我如此着迷，以至于经常能看到大妈广场舞方阵集结和解散的全过程。开始往往是三五个核心分子准时出现，旁若无人地摆放好设备——其实就是一台录音机而已——然后就开始，毫无铺垫。七点一到，大妈们悄无声息地从四面八方加入进来，仿佛事先排练过一样，秩序分明，跟着音乐整齐划一地舞动着身体。在整整一个小时里面，她们相互之间从不交谈，专心致志。她们无师自通，不管是《最炫民族风》还是《看我七十二变》，抑或是别的什么音乐，都能根据节奏准确地做出动作。她们热情洋溢，孔武有力。这样的过程通常持续一个小时左右，八点钟一到，音乐正好停了，大妈们像她们来的时候那样，迅速消失在四面八方的黑暗之中。我想她们大概又重新回到了洗衣机旁继续洗没有洗完的衣服，或者迅速投入到和老伴的持续抗战当中。

广场舞的大妈们如今已经遭到广泛质疑。她们被要求调低音乐音量，在高考期间甚至被要求停止活动，更有甚者，报纸说某地的大妈们只能躲进废弃的渠道里载歌载舞。尽管有新闻说某地的大妈们已经放弃广场舞，开始万人暴走，但我相信那只是媒体的一厢情愿而已，真正在大妈们眼里只会有纯粹的广场舞，因为只有广场舞才能满足大妈们每天一个小时的"非暴力不合作"精神。

面对孙儿的啼哭、儿媳的暗战和老伴的抱怨，大妈们唯有用这种集体的有意识运动才能对抗各种对她们的集体无意识。

其实我说的这两件事情之间毫无关联。如果你非得在两者之间形成某种联想的话，我也没有什么办法去阻止你这样做。让我说回那位老人的事情。就在我们痛苦不堪之后的一个月的某个清晨，我接到电话说老人已经去世了。似乎所有的人都得到了解脱，我们赶到的时候老人已经变成骨灰被安放在灵堂的正中央。老人终于恢复了慈祥的样子，从骨灰盒后面的相框里慈眉善目地凝视着恸哭的子孙们。亲属们从四面八方赶来，济济一堂，唱灵人几乎搞不清他们的名字，只能用他们所在的地方和姓来代替。

出殡那天，我穿着孝服跟在送葬的人群里面。突起的大风吹得纸钱漫天飞舞，我们低着头，跟着哭声的方向慢慢朝前走。在那一刻，我无比真实地感到，老人真的离我们而去了，他不再"dying"，终于变成了让大家解脱的"died"状态。他的骨灰马上就要被安放在黄土之下，灵魂终将安息。而从黄土合拢的那一刻起，我们开始意识到和老人已经后会无期，所有活着的人眼神变得迷离和无所适从——我们终于跌进了无尽的思念的深渊。

我爱刘三姐 /

　　我六十岁的父母亲喜欢看戏曲，京剧、评剧、黄梅戏，打开电视，碰到什么剧看什么剧。听得懂的跟着哼，听不懂的也跟着看。我问他们看出点什么，他们就会很清晰地告诉我说，某某角色是好人，又某某角色是坏人等。我问他们的依据是什么，他们说看化装和神态就可以了，贼眉鼠眼的肯定不是好人。比如那几部样板戏，每个角色的属性十分分明，哪一个是好人，哪一个是坏人，一上眼就分辨得很清楚。

　　老人很喜欢这几部戏，虽然电视上这几年播得很少，但是他们能背得出几乎所有台词。李铁梅、杨子荣、刁德一，每一个角色老父亲都能扮得很出色，每一个精巧的桥段老母亲都能提前预告。他们经常很自豪地告诉我，他们当年看过的每一部戏剧和电影都是经典，比如《一江春水向东流》，比如《地道战》，当年都是露天电影，他们四处出击，看了一遍又一遍。对此我心服口服，任何一部作品，如果经得起上亿次观看和评论，你很难否定它的历史地位。这就像某部电影，虽然我心里多么地讨厌它，可是成千上万的人跑去看，我就不能随便骂它，不然一不小心就被人骂回来说是脑残。

作品的背后就是价值观，有好的价值观有坏的价值观，但是没有对或者错的价值观。老人们喜欢看样板戏，喜欢看《地道战》，因为他们认为这传递了好的价值观。我从来不会对他们拥有的这种价值观产生任何优越感，因为我所处的年代和他们不同，年代不同，那么价值观就带着点历史背景的，我们两代人所处的历史背景如此不同，我如何能够轻易对他们的价值观做出批评呢？不仅如此，我简直还会纵容他们的价值观，纵容的形式就是陪他们一起看这些样板戏、电影，其中，我们最喜欢一起看的是《刘三姐》。

总体来说，《刘三姐》这部戏真是一部不错的经典电影，画面也好，唱段也好，就连演员现在看起来也算得上很漂亮。这是我的观点的一部分，也是能够和我父母和谐交流的一部分。那么不和谐的部分呢？简直太多了！但是我脾气比较好，每次看到不和谐的部分就不作声，任由他们笑得前仰后合绝不发言，所以我们一起观影的体验大体还是很和谐的。

老人家最喜欢的一段是刘三姐和秀才在船上对歌的那个部分。地主老财和秀才们的船一出现在画面上，我父母就开始笑；

至于对歌开始，他们更是笑得前仰后合；待到秀才们词穷跳河，两位老人家简直要兴奋地站起来了，仿佛是他们和刘三姐一起击败了地主老财。这个时候就是我最沉默的时候，按照古今对照来说，我一本大学毕业，差不多也算是个秀才（明清时县试合格就算是了），我十分纳闷儿他们笑得竟然如此不顾我的感受。后来我终于想通了，老人家瞧不起读书人并不代表瞧不起他们的儿子，他们只是瞧不起他们那个时代的假想敌。这个假想敌分明就是《刘三姐》这部电影希望树立的价值观，从这个意义上说，《刘三姐》真是成功了。

钱穆先生在《中国历代政治得失》里面说，政治分为两个方面，一是制度，二为人事。在中国而言，政治制度从来就是和人事混为一谈。因为政治权力往往来自于它背后的利益集团，利益集团就意味着必然夹带私心。因此钱老先生又谈到制度与法术一节，将那些夹带私心的政治归结于法术。举例而言，在元代和清代的少数民族统治时期，为了维持蒙古人和满人自己的部落政权，当权者自然而然地选择了排汉的政策。比如针对读书人的"胥吏"制度，将当时的汉族士人牢牢地控制在底层流动，所谓"绍兴师爷"就是这种法术的产物。读书人所能够争取的大好前程被牢牢地锁定在"吏"这个层面。

我这样说，看起来有点扯远了。制度也好，法术也好，从我们老百姓的感受来说通常是一样的，因为它都会以某种价值观的形式植入到我们的日常生活中来。但是还好我们有思考力，虽然没有办法判定对与错，不经意间还是能够看穿价值观的好坏的。夹带不好的价值观的法术经过时代的洗礼，自然清浊分明。这就不难理解我父母眼中泾渭分明的角色，用我今天的眼光来看其实复杂得多。因为我今天拥有的价值观不再是单一的，单一的法术对于我而言暂时失效了。

所以，多元的价值观让我不仅能够容忍不承载法术的《小时代》，也能够容忍价值观单一的《刘三姐》。我和它们和谐相处，或者擦肩而过相视一笑。细细想来，这是多么有意思的事情！

说岳

　　杭州栖霞岭南麓有岳庙，也称作武穆忠烈祠。岳飞遇害之时，杭州城凄风苦雨，如今则是人间天堂，游人往来如织。岳庙所在的地方，离西湖大约有几百米，视线被遮挡，因此岳庙里的游人远远没有西湖边上多。大多数普通人总是看个稀奇，来岳庙的人许多是冲着秦桧夫妇的跪像来的。岳飞像在庙中高高在上，秦桧的跪像则日复一日地接受着唾弃，岳飞墓上的楹联说"青山有幸埋忠骨，白铁无辜铸佞臣"则为这二位历史人物盖棺定论。

　　岳飞被赐死的时候，时年三十九岁。和大多数传说和戏剧里的情节不同，岳飞和部将岳云、张宪并非死于所谓的"风波亭"，实际上，对于他们的处理经过了完整的法理程序，因此是死在了当时的最高法律机构大理寺的狱中。史载，同样为抗金名将的韩世忠在听说岳飞及岳云、张宪被收监之后曾登秦桧门庭质问，

"莫须有"这一罪名就是这次会见时流传出来的，这也成为岳飞作为悲情英雄在历史舞台上谢幕前达到高潮的一个片段。

对于岳飞进行的历史辩论，主要集中在他是否是"民族英雄"这件事情上。地理知识丰富的人说，穷其一生，岳飞所抗拒的对象"金"，其主要的活动范围是现如今中国地图上的东北和华北；岳飞抗金几次重要战役也大都发生在如今的河北省境内。因此，从如今民族大团结的角度上讲，岳飞身上"民族英雄"的光芒将会大打折扣。这样的论断，分析得头头是道，很难让人质疑其断章取义。然而究其根本，是研究历史所采用方法的谬误，这一谬误就是"以今推古"。岳飞毫无疑问，就是民族英雄。北宋是中原文化统领下的唯一的中央集权国家，也是岳飞唯一为之奋斗的国家。在国家使命的驱使下，在"靖康之耻"的大背景下，岳飞率军多次北伐，试图收复失地，真可谓壮怀激烈！

在如何看待历史的问题上，最好的也是最简单的方法就是还原历史，置身于历史情境中进行设身处地的推断。这就是历史学家们推崇的所谓"历史意见"。如果我们还原岳飞之死的真相，我们就会有不同的发现。发现主要集中在两个方面。

首先是"谁杀了岳飞"？历史书对此问题众口铄金，和民间传说也难得地保持一致，答案就是秦桧。最主要的依据就是韩世忠和秦桧的那一场著名的问答。秦桧一句"莫须有"表现出了一个绝对的对立面应有的面目，遗臭万年。然而我们回顾宋代的政府组织结构，秦桧所居"丞相"之位仅辖"中书省"，与掌管军事的枢密院并称"两府"，两府相互并不买账。因此，秦桧和他所掌管的中书省其实管不着军事，自然管不着岳飞和他的岳家军。另外一点，宋代以来，相权衰落，丞相及中书省只负责针对重要问题拟定几种主要意见供皇帝定夺，政府最高命令也就是皇帝的诏书最终的决定权在于皇帝，因此，针对岳飞这样重要的军事将领的裁定，秦桧并没有机会一手遮天。历史记载得清清楚楚，诏书是宋高宗签发的，岳飞一案的审理和判决由大理寺执行，符合当时的法律程序。

那么，紧接着的问题就是，为什么宋高宗和他的政府要"赐死"岳飞这样战功卓著的军事将领？

宋朝立国，最重要的国防线有两条，一条是山西一面太原向北，即"雁门关"，也就是"杨家将"杨令公、杨六郎等守御的一条线；而最主要的国防线在河北一带，称"拒马河"，这是一条非常薄弱的国防线，除了在拒马河边多多种植杨树阻挡北方入侵的骑兵，宋兵并没有什么好的办法。因此，从根本上说，宋朝的国防线非常脆弱，宋代的军队采取的是"防御性"的国防战略。宋兵进不可攻退不可守，在北方外族的侵扰之下，当朝皇帝往往以"议和"来解决问题。我们理解了这一点，就能理解为什么秦桧在随"徽"、"钦"两位皇帝被俘之后从抗金派变成了坚定的议和派。在当时的大局之下，岳飞和他的军队一时一地的胜利并不能改变整个战局和宋军国防脆弱的现状，议和是唯一的出路。当议和成为国家战略的时候，任何没有经过部署的军事行动都是不能够被政府接受和许可的。岳飞作为坚定的主战派，只有两个选择：要么妥协班师，要么按兵不动。但是岳飞在"绍兴和议"谈判的大环境下连续进击，扰乱了当时政府的整体部署，成为政府和议和派需要清除的众矢之的。

从宋高宗个人而言，他的大局有两个：一是国家的军事稳定，二是国家的政治稳定。军事稳定他依赖于秦桧为代表的议和派同金人的谈判。政治的稳定，他寄希望于"靖康之乱"之后得到的皇位的巩固。主战派岳飞在他著名的《乞出师札子》中陈述了自己通过主动的军事行动恢复中原的规划，而且提出要"迎还太上皇帝、宁德皇后梓宫，奉邀天眷以归故国。使宗庙再安，百姓同欢，陛下高枕无北顾之忧"。我们设身处地地替宋高宗想一想，岳飞的主张对于他而言完全是南辕北辙，君臣之间不生嫌隙那是不可能的事情。另外，在皇帝最忌讳的立储问题上，岳飞向高宗提议立其养子赵瑗（即宋孝宗）为皇储，这件事情对于高宗和岳飞的关系而言，无异于火上浇油。

在和金人达成"绍兴和议"五十二天之后，1142 年 1 月 27 日，宋高宗下达命令："岳飞特赐死。张宪、岳云并依军法施行，令杨沂中监斩，仍多差兵将防护。"当日，岳飞和他的部将们在大理寺狱中被执行死刑。史书记载，岳飞的供词只有八个大字："天日昭昭！天日昭昭！"可以想象，岳飞内心是何等的悲愤！

岳飞和岳家军在朱仙镇（今开封附近）大败金兵，金军将领兀术正准备渡过黄河撤退。相传有个北宋时的太学生进见兀术劝其不要撤军。太学生说："不然，自古未有权臣在内，而大将能立功于外者！以愚观之，岳少保祸且不免，况欲成功乎？"我不知道这一段在历史书上是否有记载，然而言犹在耳、振聋发聩！为相为将者，如果不能顺势而为，从大局出发，即使如岳飞般天纵奇才，也不能逃脱退出历史舞台的命运。

　　史可为鉴！

/ 荒界

　　8月初，社会学家傅国涌登上了从义乌去衢州的动车，他在微博上发表感慨说："要了解中国就坐火车并买一张站票，在上流社会不屑看到的地方，苦难一直在延续。"说实话，我特别喜欢傅国涌这样的态度，这比那些坐在空调房里高谈阔论的专家强了不知道多少。我想象一下，傅先生站在动车两节车厢之间，充满忧郁的目光透过玻璃门投向二等座车厢的芸芸众生。那里坐着的乘客大抵都在玩着手机，还有个别人脱了鞋袜正在酣睡。这些人对于车厢外傅先生的目光一无所知，略微显得有些麻木，总之，他们是不能够体会到傅先生内心澎湃着的怜恤之情的。

　　傅国涌先生的感慨想必是有些原因的，然而这样的感慨多少有些优越感。傅先生的大情怀，着眼点在于"庞大帝国因庞大的人口和愚民教育舆论垄断而保持着等级秩序"，并为此忧心忡忡。

作为经常需要坐动车二等座赶路的我来说，我对"等级秩序"这类事情深恶痛绝，不过如果手头宽裕一点的话，我也会考虑一等座。2014年7月份我从旧金山机场去米尔皮塔斯，大巴车上一位加拿大中年妇女得知我从中国来，很兴奋地谈起她上次访问中国时候的情景。临下车前，这位女士对我很认真地说，如果能够"afford"，她很想再去一次中国旅游。"afford"这个英文单词是相当有力量的，我不由得回过头认真地看了看很自然地说出这个词语的那位女士，我很感谢她没有提及"万恶的资本主义社会"让她负担不起一次中国之行这样的话，我对她平静的言语背后表达的公平和平和No Judgement深表敬意。

推己及人真的是老祖宗传下来的好东西，可是那只是提倡我们需要同理心的时候才用的。同理心的出发点和基础如果不是建立在深刻的理解上，我们就会轻易地给别人贴上标签，从而会犯下"子非鱼"这样的错误。傅先生如果能够稍微走得远一点，到二等座车厢里坐下来，听听起伏不断的《小苹果》和鼾声，他也许会变得平静些，从而发现二等座乘客拥有的丰富的世界。这样的世界，简单而美好。

我们很难责怪傅先生。认识一个人，尤其是他真正的内心世界是一件无比艰难的事情。我们喜欢玩一个游戏，就是"真心话大冒险"。这个游戏之所以好玩，就是要让听的人和说的人之间暂时失去联系，确保说的人不被其他因素左右，从而说出真实的想法。玩这个游戏的时候，被说到的人总是会一副不可思议的表情，发生事情的那一刻，说的人和被说的人仿佛生活在不同的世界。这样的游戏真的是很好的体验，可以深刻地发现人和人相互之间的了解多么不容易。与此类似，大约在七年前，在我离开前一家公司之际，我的部门领导做了一件值得我至今还能记住他的事情，他请部门里大约七八个同事每人说一下他们眼中的我是什么样的，有些什么样的建议给我。聊天的结果让我大吃一惊，我几乎无法确认他们口中的那个人是我——我的沮丧、彷徨似乎只存在我自己的心里，他们看到的是一个意志坚定、有进取心的我。这个游戏让我受益匪浅，我的同事们表达了足够的善意，描绘了一个并不存在的我，却足够帮助我继续前行。

每一个人的内心都像是一道荒界，外人看来乱草成堆；倘若你有足够的耐心，愿意待得久一点，有幸能够进入那道心门，你一定可以看到每个人心里其实繁花似锦。可是这一道心门的距离，需要足够的真诚和善意才能接近，否则就是永远相隔。

如果可能的话，让我们从"No Judgement"开始做起吧！不要代表亚洲，你只代表你自己。

一起去看花车巡游 /

现在的孩子生长在上海这座城市，说不清到底是幸福多一点还是遗憾多一点。我们的童年大约要到十二三岁才结束。在此之前，每个暑假和寒假必定是无人关注的悠长假期，往往要到了开学前一个星期才想起来要做假期作业。即使是平时，作业一般都赶在放学铃响起之前就做完了的，挎着瘪瘪的书包装模作样排着队回家，可是一旦走出了老师的视野立马就撒起野来，直到天黑了被爸妈揪着耳朵回家吃晚饭。而我们的孩子，他们的童年差不多只是名义上的而已，从三岁开始，他们就过上了每天有作业的生活。他们的生活比父母还要规律，早上七点抹着眼泪起床，中午十一点吃好午饭睡午觉，下午四点开始上延时课，学一些原本在课上应该教的一些东西，五点下课回家，即使家长催着也不愿意出去玩了——累得没有气力了。

我始终不太能接受这样的现实，可是真正的现实就是，即使多么不情愿，孩子的教育还是上了这样悲催的轨道。孩子们上的精细课，无非就是剪纸画画走迷宫；孩子们上的多功能课，无非就是跨越障碍走平衡木唱歌跳舞。这些东西在我们的童年，原本不用教的，我们在捏泥巴弹玻璃球斗鸡那些有趣的游戏中自然而然就学会了。生活原本是人一生最好的老师，可是不知道什么候这个道理完全被忘记了。

有一阵子我和孩子的妈妈商量，决定每个月带孩子们出门看看，每个季度则要出趟远门。孩子们很开心，在公园植物园里很快就认识了许多许多的植物。她们尤其喜欢去水族馆，每一条鱼的一个细小动作就能让她们惊叹不已。2010 年我们去普陀山玩，老大当时一岁，很兴奋，在酒店房间爬来爬去，突然就站起来走了。傍晚她赤着脚在百步沙的沙滩上在我和她妈妈之间走来走去，感到既惊奇又兴奋。三岁的时候我们去佘山玩，几百步台阶自己数着数就爬上去了。孩子的妈妈带领她们养了乌龟、鱼和蝈蝈，放在阳台上。孩子远足时带回来的丝瓜小苗苗养在花盆里，后来长得太大了被爷爷移到花圃里，到了夏天的时候，居然枝繁叶茂，结出了十几根长长的丝瓜。这些小东西给我们和孩子都带来了许多的快乐。每年长假的时候回湖北老家，更是孩子们的节日，她们对每一只小动物每一株花草都表现出了令人费解的痴迷，在那里，自然成了她们最好的老师。

可惜这样的时光总是少数，我们并没有多少时间可以创造更多的机会让她们亲近大自然，大多数时间里只有电视和塑料玩具陪伴她们的童年。

几天前，孩子的妈妈听说周六是每年一度的上海旅游节开幕的日子，按照以往的惯例，开幕式之后就是花车巡游的活动。往年我们都是看的电视直播，今天孩子的妈妈提议我们到现场去看看。孩子们自然非常开心，一改常态，乖乖地喝好牛奶坐上车出发。

我们赶到的时候，淮海中路的两旁已经站满了等着看花车巡游的人们。旅游节开幕式在时代广场进行，花车巡游也从那里开始，全程大约两公里，我们所处的位置正好是在路程正中的地方。下午七点不到，路两旁已经人声鼎沸，我们一家人只找到一个临街的位置，所以美美只能一直抱着。孩子们像过节一样开心，一边吃着冰激凌一边翘首以盼。警察们为了做好防护措施严阵以待，早早就拉好警戒线，淮海中路顿时空了出来，零零星星的工作人员和穿着小丑衣服的演员们走过去，也能引起街两旁一阵轰动。

七点半一过，军乐队的声音就在不远处响了起来，人群开始沸腾，孩子们也开始躁动起来。军乐队越来越近，花车巡游开始了，人群的秩序顿时有些乱，我决定把小家伙放到肩上去，这样她可以看得更清楚一些。军乐队后面就是各地的花车以及各国的表演队伍，每隔几分钟就一阵喧嚣着从面前走过去，每一支表演队伍每一辆花车都能激起人群的喝彩，闪光灯此起彼伏。花车都是全国各地的旅游城市准备的，都把当地城市最有特点的元素混搭上去，车上站着美女捧着鲜花，灯光亮起，花车五彩斑斓，煞是好看。外国的表演队伍则不同，更多的是呈现音乐和舞蹈，他们经验十足，音乐节奏感强烈，舞蹈精彩纷呈，不少演员还跑到路边来和围观的人们互动，惹得人群一阵一阵尖叫。

站在临街位置的老大拿到了一个演员递给她的吉祥物礼物，兴奋得手舞足蹈。骑在我肩上的小家伙也是兴奋异常，不停地向我报告她看到的一切，这一切对她来说十分新鲜和新奇，大部分时候她都在我的肩上随着音乐兴奋地扭来扭去，偶尔甚至把我的脑袋当成了军乐队的大鼓来敲。

眼前的景物是新奇的，然而这样的场景我仿佛曾经经历过。记得小时候和父亲一起去看露天电影，也是在夜幕来临的时候骑在父亲的肩上俯视着喧闹的人群。那个时候看过的电影内容我已经忘得一干二净，然而骑在父亲的肩上搂着他的脑袋的印象却记忆犹新，这应该是我童年最宝贵的记忆之一。如今三十年过去，我自己的孩子也终于有了同样的体验，这样的体验让我颈脖酸痛，然而我却感到十分幸福。我不知道小家伙将来是不是还记得这次花车巡游，但我相信她一定记得她有一天她曾经骑在我的肩上，那么兴奋，那么忘情。

每支表演队伍都在想办法表现出他们最为自豪的东西。加拿大的表演是风笛，由远及近，令人难忘；巴西的原始人舞蹈；智利则表演了原先熟知的巴西人擅长的桑巴舞；瑞士和俄罗斯的铜管乐团的表演也是精彩纷呈。这些东西和原本熟知的知识多少有些不同，令人好奇。中国各大城市的花车则多少显得有些含蓄，花车很漂亮，表演的成分却很少。后来当济南的花车经过前面的时候，我们旁边的几个山东大汉大声用山东话喊"老乡跳一个"，他们的秧歌队伍才兴奋地扭起来，气氛顿时热烈了起来。

花车巡游还没有结束，我们就和孩子们商量早点回家，她们也兴奋得有点累了，一拍即合。转过街角去坐车的时候，我们看到街旁一家馄饨店，这才想起还没有吃晚饭。在几平方米见方的小店中，我们吃到了好久都没吃到的正宗的上海小笼包和馄饨，门外不远处淮海中路的街道上不时传来一阵阵鼓噪声，大概是又有一辆花车过去了。

回家路上，孩子的妈妈问起她们印象最深刻的是哪一幕，老大说是军乐队的大鼓，小家伙跟着附和，又赶紧补充说花车好漂亮，孩子的妈妈自己则最喜欢加拿大的风笛。我没有说话，只是安静地开车。其实我想说的是，我印象最深刻的事情，就是和你们在一起，一起去看花车巡游。

星际迷航

　　如果有世界末日，那会是什么样子？

　　2012 年 12 月 21 日，玛雅预言中的所谓世界末日，我们起哄一般，十几个同学拥到小镇西塘庆祝。那真是一个特别的日子，地主阿健带我们大吃一顿高人光哥做的菜，然后去他的无二酒吧围坐在火塘周围饮酒唱歌。那是一个快乐的晚上，最终我们挤掉了弹唱的歌手，轮番引吭高歌。酒吧外面就是一片水泊，夜幕下波光粼粼，映衬着灯红酒绿的颜色。我被人搀扶着出门呕吐，在夜色里被朔风一吹，那水面犹如璀璨的宝石吸引着我，燥热的情绪令我竟然几次想要翻过栏杆跳下湖水去，幸好被同伴拉住才作罢。是夜，醉酒当歌，阿肯和山哥扶我回下榻的旅舍，我们沿着小镇的河旁小道相互搀扶着走回去，跟跟跄跄，寻觅了几个来回才终于叩开那扇正确的门。

第二天醒来，一时间竟然天旋地转不知身在何处。窗外的叫卖声和臭豆腐独有的气味提醒我这是在西塘小镇。伸手摸一摸钱包和裤子还在，歪头一看，同来的老父亲悠然端坐在窗边的木桌旁一边饮茶一边看我醒来。坐在地板上独自玩耍的小女儿一骨碌爬起来，一岁半的小人儿竟然屁颠屁颠地给我端来一杯热茶。

开车回上海的路上，坐在后面的两姐妹依然如故，一路吵闹，她们的妈妈呵斥也没有见到一丝停止的意思，副驾驶座位上的父亲正如所料已经双目紧闭打起鼾来。我终于相信，世界末日就那样过去了。

《星际穿越》中的世界末日不是这样的。世界末日到来的时候，枯叶病让所有植物渐渐死亡，食物越来越少，空气越来越难以呼吸，风沙遮天蔽日，人们纷纷逃离家园，可是并不知道要逃到哪里去。勇敢、有着丰富知识的人们驾驶宇宙飞船越过太阳系为人类寻找新的家园。飞船脱离地球引力之后，蓝色的星球越来越远，周围一片黑暗，没有一丝声音，承载着人类希望和骄傲的飞船变成了一座孤岛。那种孤独感是渗入心扉的，以至于宇航员道尔拍拍飞船的墙壁说，我们和外面无边的黑暗只有几厘米而已。

我当然不相信这样的影片是真的，这无非是美国人天马行空的想象而已。中国人的宇宙只有三界：天界、人间和地狱。无论在哪里，都有森严的秩序可以遵循，即使是地狱，相比天堂和人间，无非是多了一些肉体的煎熬而已。这样的自我麻醉被宇宙飞船舱窗无边的孤独打得粉碎。原来，即使以人类目前拥有的有限的知识来看，无垠的地球也不过是沧海一粟，地球外有太阳系，太阳系外有银河系，银河系外有未知的千万个银河系一样的星系。倘使我们真的穿越星际，地球无非就是一个遥远的坐标而已，宇宙的真相原来是无边的黑暗和孤独。

　　脚下没有坚实的土地，只有宇航服里面还是地球的气息——那竟成了唯一赖以生存的空间，生命如此脆弱，在这时空错位、斗转星移的地方，唯有家人和爱会让你痛哭流涕。看这样的电影会让人更爱这个世界。在极度的无助、恐惧和孤独里，爱变成了人生的唯一方向，每次相遇都是久别重逢，相遇相依弥足珍贵。

　　珍惜你听到的第一声婴儿的啼哭声，珍惜你每天枕边听到的温热的话语，珍惜你独坐时无声递过来的一杯清茶，唯有这些人世间最朴素的气息，才能让你不在星际迷航。

我的 2014 /

　　10 月初的一天傍晚，阳光照到好牧羊人教堂的石墙上，透出温暖的杏黄色。几十米外，特卡波湖水平静安详，远处的雪山和白云几乎分不清楚，在夕阳下安静地伫立在那里。孩子们在教堂旁的草丛和石堆中爬上爬下，她们是快乐的，即便是明天就要离开这里了，她们仍然在趁夕阳落下之前尽情玩耍。

　　我和 Angela 十分珍惜这样的时光。在今天之前，我们已经在新西兰自驾游了将近十天了，明天就要离开这里去基督城，然后从那里回上海。我们呈"之"字形在南岛驾车旅行，沿途的景色绚丽多彩，空气也十分清新。我们不得不频繁地将汽车停在公路旁边，在一座座小镇、牧场、湖水边流连。Angela 说，如果回去手术成功，她明年还想再来一次。8 月份的时候 Angela 拿到体检报告，9 月初去医院详细检查，医生无法确定肿块是否是良性的，只是建议 Angela 尽快手术。在三十出头的年纪接到这样的通知，Angela 和我都十分沮丧。在此之前，我们对自己年轻的身体十分有信心，以至于完全忘记关心这一点。我安慰她说肯定是良性的，不用担心，但这样的建议只是发自内心的愿望而已，在医学上没有一丝一毫的价值。

我发自内心相信 Angela 不会有问题，就像从来都不怀疑未来一样。小的时候，父母告诉我，只要好好学习，就能上重点中学，就能上大学，就能找到满意的工作。在三十岁之前我对此深信不疑，而且看着当年的愿望在一个一个地被实现。然而忽然有一天，我们突然有了自己的孩子，当我们在为她们考虑未来的人生之路时却陷入了深深地彷徨。我们当然希望她们过得快乐一点，却又不得不安排她们进入各种兴趣班。只是因为不确定，我们唯恐耽误她们在未来来之不易的机会。当年言之凿凿告诉我人生信条的父母也突然老了，有时候我要花很大的力气才能使他们理解我们的想法，因此很难希望他们继续指引我们的未来之路。

2014 年，我三十五岁，突然发现自己孤零零地站在了人生的舞台中间。周围的观众有的偶尔鼓掌叫好，大多数显得十分冷漠，他们对我了解甚少，对我的表演也不抱什么希望。确切地说，我杵在那里，内心感到十分茫然，不知道该如何开始我的表演，也不知道需要表演多长时间，表演之后又会接到什么样的安排。然而这样的年龄让我又十分清楚，如果演砸了，未来不会有更好的机会。三十五岁之前你是一个充满希望的年轻人，之后就不是了。

这是一种无比芜杂的心情。2014年，我突然意识到人生的禁区，能力的禁区，以及未来的不确定性。周围的朋友似乎不太有这样的处境，他们大多数都踌躇满志，大踏步地走向未来，只是在酒后才会偶尔和我谈一些烦恼的事情。在人生的道路上，没有和蔼的老师可以适时给我打出分数，也没有睿智的导师为我指明方向。前面的路似乎很宽，可是又有些模模糊糊看不清路面的情况。

从新西兰回来之后，Angela住进医院进行手术。手术那天，因为安排方面的原因，她被推进手术室之后很久都没有出来，在她之后进去的病人都已经做好手术出来了。我因此十分着急，最后自己跑去苏醒室查看，坐在门口的一名医护人员不耐烦地让我出去。苏醒室里躺着好几位病人，一模一样的病床一模一样的装束，根本看不出Angela是不是在里面。就在我无奈地转头准备出去时，听到一个微弱的声音说，我在这里。声音即使很小我也能分辨出是Angela。我回头看去，仍然分不出她在哪里，但是却足够放下心来。

我的2014年没有留下太多值得记住的事情，仿佛日子总是在不经意间流逝了，只剩下工作和生活的一地鸡毛需要打扫。然而在这迷茫的人生道路上穿行，总是孩子们的笑声、父母的叮咛才能让我静下心来，病中妻子的一句微弱的"我在这里"，也能让我们感受到彼此的存在。这些才是弥足珍贵的东西，伴我一路前行。

　　医生的报告告诉 Angela 她重新回到了和以前一样健康的状态。手术后 Angela 恢复很快，她现在已经不提明年再去一次新西兰的事情了，那么贵的旅行费用，足够让我们看更多更新奇的东西了吧？2015 年到了，在我们的计划当中，有更加令人憧憬的未来。

羊肉泡馍 /

电视剧《平凡的世界》正在热播，荧屏上不时出现陕西美食，我看了一下，除了馍馍，饺子和面条出现的频率最高，可惜唯独缺了现如今名头最响的羊肉泡馍。

羊肉泡馍最好的地方在于，它是一种干湿结合的食物，又是一种软硬兼备的食物。所谓的馍其实就是一种大饼，如果单吃，最好的牙口都要被硌坏；羊肉基本上是羊汤，真正成块的羊肉其实很少，羊汤鲜而油腻，非得配上干巴巴的馍渣才能中和。这两种在陕西遍地皆是普普通通的东西，放到一起来，竟然成就了一个老少皆宜人见人爱的美食。

第一次吃到羊肉泡馍是二十年前在北京上学的时候。那时候我不时给一些杂志报纸投稿，偶尔会被采纳发表，当时《中学生》搞一个征文比赛，一个叫刘谦的编辑不仅刊发了我的文章，还请我持续为他的栏目写了好几篇。信件来往一段时间之后，刘老师约我见面，希望能写成一个系列。那是一个周末，春光明媚，我倒了好几趟公交才来到东单附近，因为是午饭的时间，刘谦就带着我进了一间羊肉泡馍的小店边吃边谈。当时谈了些什么我都已经忘记了，但是那家小店干净明亮的样子我至今还记得。我还记得羊汤和馍是分开拿上来的，刘谦教给我，先一片一片把馍撕下来，浸泡在羊汤中，然后像吃稀饭一样用小勺舀着吃。刘谦那时候已经五十多岁了，饭量很小，一整块馍只掰下来一半，我那时候饭量极大，对这种吃法感到又很新鲜，一边掰一边吃，竟然吃出一身大汗。

再一次吃到羊肉泡馍竟然是十几年之后，那时候我到西安出差，需要坐巴士长途车去商洛。买好票等待车开的当口，我看到车站二楼羊肉泡馍的招牌，立马决定去吃一下。车站餐厅里人来人往，我寻到一张空桌，点了一份羊肉泡馍，端上来的时候，馍已经撕好浸泡在羊汤之中了。这次的羊肉泡馍让我曾经拥有的美好记忆荡然无存，羊汤极其肥腻，碗口漂着厚厚的油星子，馍浸泡的时间估计太长，基本上已经化开了，毫无嚼劲。到最后，我只好加了许多辣油，才能勉勉强强吃掉这碗久违的羊肉泡馍。

这一次吃羊肉泡馍的经历让我很沮丧，即使这样，我仍然对羊肉泡馍抱有期待，第二次到西安出差的时候，我和同事决定跑到回民街上去吃。回民街全称回民风味小吃街，是一条铺着石板路的步行街，当中有售卖各种当地特色工艺品的摊位，一眼望不到头，两边则是二层的小楼，仿古的设计，整整齐齐。我们坐在干净明亮的店堂里，欣欣然点了羊肉泡馍。过了很久，送上来了两只小碗，一只装着羊汤，一只装着馍。我们有些傻眼，这碗如拳头一般大小，馍已经被机器切成了大小和模样基本一致的小粒。这样的羊肉泡馍味道其实说不上有什么地方不好，可是又实在说不出哪里好，不温不火不偏不倚，悻悻然吃完，口舌之中一点儿余味也没有，心里顿时一阵遗憾和怅然。

食物如同小说，你今天读到了觉得好，那是因为它的人物个性和故事情节对了，但是不能保证下次一定能读到同样美好的东西。时间、人，以及我们编织故事的方式，都在悄悄地变化，得有多难才能把它们完美地放在一起啊。木心的《从前慢》写的，"清早上火车站，长街黑暗无行人，卖豆浆的小店冒着热气"，这样的豆浆只能存在记忆中而已，如今肯德基和超市都有豆浆卖，冷热都有，可惜喝来全不是那种滋味吧？

就像羊肉泡馍，对于我来说，那个春光明媚的正午，羊汤冒着热气，手中的馍馍硬硬的，边掰边泡，边吃边聊，汤凉了的时候店主悄悄过来加上一些热的，也不打扰我们的谈话，这才是留存在我记忆中美好的印象。唯其如此，以至于以后在匆忙的旅途中，抑或在高雅的店堂中，都无法找寻相似的感觉了。任何时候，我想起羊肉泡馍，就会想起那个春天，想起坐在对面的老编辑刘谦，想起那段年少的岁月。如今的羊肉泡馍之于我来说，味觉或许相似，感觉早已不同了。

/ 鸡蛋遇上西红柿

1995 年秋天，我最操心的事情就是吃饭。那时候我刚到北京读书，对北方的饮食颇有微词，一点辛辣的菜也没有，反过来，学校食堂最常见的菜就是醋熘白菜和西红柿炒鸡蛋。这俩菜食材简单，炒制容易，在菜不够的情况下，食堂师傅几分钟就能给我们端上一大盆来。这两个菜，一个酸，一个甜，都是我们老家最忌讳的口味，在于我而言，吃饭变成了一种折磨，宁可买方便面（那时候流行的统一 100）来解决。

班主任相老师刚从北师大毕业，长裙飘飘，见不得我们受苦，周末一大早给我们送来了一大玻璃瓶辣子——真的是辣子，辣椒面炒过，泡在油里。虽然这个和我们期盼的辣椒酱有很大的区别，但是已经足可以让很多菜变成我们希望的口味。比如醋熘白菜，加点辣子变成酸辣白菜，真是别有一番滋味，一下子成了我们最喜欢的东西。然而对于西红柿炒鸡蛋，我们仍然一筹莫展，它就那么甜滋滋地被端上来，竟成了我高中的一个心病。

大学毕业之后很长一段时间，我都和 Angela 住在租的房子里面，靠近地铁站，图上班方便，那时候什么都要自己做，包括做饭。我们约定谁下班早谁做饭，可是无论谁下班到家都要到六点半以后，去菜场买菜，然后洗切炒，满头大汗之后，基本上总是要接近八点才能吃上晚饭。因为时间紧，只能做食材和炒制都比较简单的菜，于是又想到了鸡蛋和西红柿。两个人吃饭，一般就炒两个菜，一荤一素地搭配着，然后做上半锅西红柿鸡蛋汤，在匆忙的生活里尽量保证基本的营养还有味道。我的西红柿鸡蛋汤，炮制十分简单，水煮沸之后，将切好的西红柿块倒入其中，等再次沸腾后，浇入搅好的鸡蛋，马上看到蛋花浮上来，这时候再滴入香油加上盐，稍煮片刻就可以端上桌了。

这个汤我们喝了有两年，尽管开始我还是不喜欢，但因为是自己亲手做的，居然慢慢也就适应了。中国人的胃口，讲究一个干湿结合，饭和汤顺，这匆忙间粗糙制作的西红柿鸡蛋汤居然让人欲罢不能。

2007 年年底，我把父母接到身边一起住。在做菜方面，我妈简直就是个天才，刚来的时候她做的菜和老家一样，不是咸就是辣，可是半年之后她就渐渐克服了几十年的习惯，能做出不少清淡口味的东西。有时候我们一家人下馆子，回来之后，心灵手巧的她居然能模仿饭店的口味，做出几道新菜来。和我一样，我妈对于西红柿炒鸡蛋总也不能接受，但喝过几次我做的西红柿鸡蛋汤之后，决定要自己亲自炮制。

我妈的做法完全改变了这道菜的格局和命运。她经过几次尝试之后，决定将西红柿切成丁之后先加油进行炒制，然后再加入开水，沸腾后均匀地打入蛋花，最后滴上几滴香油撒上几颗葱花调味。这样的炮制过程比之前复杂了许多，这份汤的卖相和口味也发生了翻天覆地的变化，几乎成了不可或缺的一道菜。尤其是在小孩子大一点之后，调皮不肯吃饭的时候，我妈总是央求她们至少喝一碗西红柿鸡蛋汤，她十分自信这个汤能够提供足够的营养和味道。

食不厌精，味道不仅仅代表一时的口舌之快，而是会长久地在记忆里保存下去。人的一生当中，大鱼大肉往往转眼即忘，唯独一些充满记忆的食物才会经常让我们欣喜。我曾经读过一个故事，有一位华侨在回乡的时候，与兄弟姐妹相聚之后却不见自己的母亲，兄弟姐妹出于某种目的告诉他母亲已经不在了。然而华侨在吃到一盘普通的酱冬瓜的时候，戳破骗局，坚持认为母亲还活着。这个故事我觉得是真的，妈妈做的菜，哪怕看起来一样，味道总是和别人有很大的不同。分辨这些的，是味觉，更是对于味觉的记忆，通常不会有错。对于某道菜的依恋，其实是对于伴随这道菜的人生阶段的依恋，是对那段美好时光的依恋，这样的依恋，早已超越了味觉的意义。

后　记

　　如果说在通往文学殿堂的道路上，有什么身影是我一直在追随的话，那么有两个人，一位是写出《人生》和《平凡的世界》的路遥，还有一位是写出《我遥远的清平湾》和《我与地坛》的史铁生。最早我与史铁生结缘，是他的《我遥远的清平湾》这篇文章，那几乎是我最初最美好的阅读体验，在一个阳光温暖的上午，我坐在晒谷场的一个角落，边晒太阳边读这篇文章，内心涌起温暖而又滋润的感觉。那是 20 世纪 90 年代的一段时间，是文坛兴起先锋和伤痕思潮的一个年代，也是 20 世纪中叶以来中国文学上的一个高峰时期。我不停地阅读史铁生，阅读刘震云，阅读冯骥才，当然还有马原和余华。因为当时才十几岁，信息来源十分闭塞，以至于我并不清楚为什么是那样一个时间点有那样一次文学爆发。然而这样的阅读是如此美好，至今难忘。

我阅读《平凡的世界》是在路遥去世之后。那时候我还在读高中，经常在报纸杂志上发表一些豆腐块文章，当时有一份杂志叫《朔方》，写信来让我做兼职记者，寄来的资料里面就有一本路遥的随笔《早晨从中午开始》，从那篇文章我才了解到《平凡的世界》。那是一个冬天，我花了整整两天时间窝在宿舍里读完了这部三卷本的巨著，合上小说的时候，心情久久不能平静。我于是走出门去，校园里的夜灯已经亮了，北方独有的凛冽的寒冷气息刺骨而来，可也无法平息我内心那股热腾腾的冲动。

　　至今我都坚持认为，我读过的最好的文字是《我与地坛》，没有之一。我之所以这么说，是因为即使我反复诵读这篇短短的文章，我仍然能够感觉到第一次阅读时的那种温暖而又滋润的感觉。从人生的角度来说，史铁生一定是有很大的缺憾的，他在最好的年纪最好的时代失去了身体上的自由。然而这并没有禁锢他自由的灵魂，移动着的是他的手轮车，飞翔着的却是他澎湃的思绪。我在不同的时期阅读这篇文章，每一次都有新的感受和体会，少年的时候感叹史铁生的身残志坚，到了现在终于能够触摸到这位作者心灵的内核，那种对心灵栖息地无尽的追求，这种追求激烈而又平静，脆弱而又无比强大。

　　阅读这些作品的时候，那都是我最好的时光。好的文学作品，就像拥有一双温暖的手，伸出来邀请你开始一段有趣的旅程。作者把他拥有的或者经历过的最美好的事物展现给你看，那里有日出日落，那里有月缺月圆，他和你一起感叹生活的美好或不幸，和你一起走过沧海桑田。这就是文字的力量、文学的力量。

　　我是如此偏爱带着体温的文字，不仅仅是在阅读的时候，在我自己的写作当中也是如此。相对于宏大的历史叙事，我偏爱着眼于个人的微观感受。因为工作的关系，我经常会碰到一些了不起的朋友，他们踌躇满志，事业上有着和年龄阅历不相称的成功。然而我对此总是有所怀疑，他是不是真的和我们看到的一样志得意满。与其吹捧他，我更加同情他背后生活中的一地鸡毛。姜文的电影《一步之遥》中，选美冠军阅尽人间春色，最后却要向情人苦苦哀求一点可怜的爱情。这才是生活的本质，只不过总是被当成秘密深深地藏在喧嚣背后罢了。涓涓细流汇聚成河，在我的人生观里，每一个人幸福了，这个社会才会幸福，即使几十几百年过去，我们回头看这段历史，仍然能感受到满满的幸福感。基于此，我总是不能接受狭隘的集体主义以及少数服从多数这样的潜规则。

　　在生活中我并不是一个个性鲜明的人，但是这不妨碍我尊重和包容每一个个性鲜明的人或者事物。我观察着自己的周围，观察着这个社会，并坚持用文字将我的微小感受记录下来。写《老五》的时候，写《祖母的银圆》的时候，我仿佛置身在颠倒的时空回到了过去，和过去的自己合体，做了一次时光里的旅行。写《小军》的时候，我正好在青海西宁出差，那里七八点钟的傍晚，天空仍然亮如白昼，让我产生了巨大的错觉，小军的故事让我夜不能眠，终于跳下床来坐到电脑前一气呵成。写《无比芜杂的心情》那个系列的时候，正是我心理上最低潮的时期，于是我不停地阅读，和不同的人交谈，然后把这种自我调整、自我突破的过程形成文字，这些文字陪伴着我，也让我得到了某种程度的解脱。这样的文字只关注个体，无法发出夺目的光彩，然而我希望它如月之恒，持续散发出温暖而又滋润的光芒。

我的一位朋友说，时间的魅力在于，每一秒所蕴含的快乐都是唯一的现在，又因过往无数秒的累积而令人感动。李宗盛的《山丘》唱道："想说却还没说的还很多，攒着是因为想写成歌，让人轻轻地唱着淡淡地记着，就算终于忘了也值了。"这就是《此时此刻，即是最好的时光》最根本的出发点，我只关注某一个微小个体的某一个瞬间。那个瞬间被回想起来，也许是一丝淡淡的青草香味，也许是一片温暖的阳光，也许是一个稍纵即逝的如花笑靥，也许是一个泪奔的夜晚。每一个瞬间都是最好的时光，都是值得被记录的幸福时光。

2015.1.4，上海